Une étreinte royale

JENNIFER FAYE

Une étreinte royale

Traduction française de

ERWAN LARHER

AZUR

HARLEQUIN

Collection : Azur

Titre original :
HEIRESS'S ROYAL BABY BOMBSHELL

HARPERCOLLINS FRANCE
83-85, boulevard Vincent-Auriol, 75646 PARIS CEDEX 13
Service Lectrices — Tél. : 01 45 82 47 47

www.harlequin.fr

ISBN 978-2-2804-4536-8 — ISSN 0993-4448

Prologue

Milan, Italie, mi-août

Noémi s'était dit que Stéphania, sa meilleure amie, avait sans doute raison : une fête pleine de célébrités, de champagnes millésimés et de bonne musique était peut-être le remontant idéal. Elle venait de se disputer une nouvelle fois avec Sebastian et avait besoin de penser à autre chose qu'à Cattaneo Jewels, l'entreprise familiale.

Pour son frère aîné, Noémi n'avait pas voix au chapitre dans la conduite des affaires ; actionnaire, certes, mais partenaire silencieuse. On ne sollicitait ni n'écoutait ses avis, opinions ou conseils. Et elle en avait assez d'être traitée comme une enfant, cantonnée au rôle de visage de la marque.

Elle prit une nouvelle gorgée de champagne pour essayer de se calmer. *Pense à autre chose !* Pour couronner le tout, Stéphania avait disparu. Venir à cette fête de fiançailles ultra chic n'avait peut-être pas été une si bonne idée, après tout… Elle se dit qu'elle devrait partir.

Du regard, elle chercha Stéphania dans la foule. Il s'arrêta sur un bel inconnu aux yeux noisette qui se tenait à l'autre bout de la pièce, entouré d'une demi-douzaine de femmes souriantes qui semblaient rivaliser pour attirer son attention. Pourtant, c'était *elle* qu'il fixait. Et ce n'était pas la première fois de la soirée.

Son pouls s'accéléra. Peut-être y avait-il une raison de rester, finalement.

Noémi décelait quelque chose de légèrement familier chez lui. N'étant pas du genre à scruter les magazines people, elle ne parvenait pas à mettre un nom sur son visage. Mais s'il était présent à cette fête très select, ce devait être quelqu'un d'important.

Ses problèmes recommencèrent à essayer de s'insinuer dans son esprit. Elle décida de prendre l'air et sortit sur la terrasse. Le soleil était à peine couché et la lumière du soir éclairait les montagnes au loin, tandis qu'une douce brise caressait sa peau.

— Magnifique, dit derrière elle une belle voix masculine avec un léger accent.

Noémi tourna la tête. Le mystérieux inconnu au regard hypnotique était là. Il était aussi sexy que son délicieux accent.

— Je suis désolé, reprit-il. Est-ce que je vous dérange ?

— Pas du tout. Joignez-vous à moi, je vous en prie.

Il se rapprocha d'elle, au bout de la terrasse.

— Vous aussi, vous admiriez les montagnes ? lui demanda-t-elle.

Il lui retourna un regard perplexe.

— Vous avez dit « magnifique ». Vous ne faisiez pas référence à la vue ?

Il sourit et secoua la tête.

— Non. Je parlais de vous. *Vous* êtes magnifique.

Mannequin, visage de Cattaneo Jewels, Noémi avait été complimentée à de nombreuses reprises au fil des ans. Mais l'inconnu la regardait comme s'il voulait la prendre dans ses bras et la dévorer de baisers affamés. Elle rougit.

— Merci.

L'atmosphère de cette chaude soirée d'août ne l'aidait pas à garder la tête froide. Elle savait qu'il serait poli de faire la conversation, mais pour une fois, son esprit était vide. Cet homme ne semblait pas savoir qui elle était, et cela lui allait très bien. Ce soir, elle voulait être une femme comme les autres.

Elle croisa le regard de l'inconnu. Son cœur se mit à battre la chamade. Serait-il immoral, coupable de succomber à ses désirs, de vivre l'instant présent ? Mais si elle voulait que les gens la prennent au sérieux, elle ne pouvait pas céder à ce genre de caprices…

— Nous devrions probablement retourner à l'intérieur avant que les gens commencent à se demander où nous sommes passés, dit-elle.

Pourtant, elle n'avait aucune envie de se replonger dans la fête. Elle était ravie de rester ici avec cet homme.

— Qu'ils se posent des questions, murmura-t-il d'une voix suave en se penchant vers elle. Je me plais beaucoup plus ici en votre compagnie.

— Je commence à comprendre cette cour de femmes autour de vous… Si vous les flattez toutes ainsi, comment résister ?

Un sourire terriblement sexy étira ses lèvres sensuelles.

— Croyez-moi, je ne fais rien pour avoir des admiratrices. Avec vous, c'est différent. Comment se fait-il que vous soyez venue seule, ce soir ?

Noémi voulait le croire quand il disait qu'elle était différente : ces paroles étaient comme un baume apaisant sur son ego meurtri.

— Je ne suis pas venue seule.

Le sourire s'effaça instantanément du visage de son compagnon. Noémi réalisa ce qu'il avait pu déduire de sa réponse et ajouta avec précipitation :

— Je suis venue avec une amie.

Il sourit de nouveau et captura son regard de ses prunelles ensorcelantes. Il l'hypnotisait littéralement. Son souffle se bloqua dans sa gorge. L'envie lui vint une fois de plus d'embrasser cet étranger. Elle devait absolument résister. Rompre le sortilège.

— Je… Vous connaissez bien les fiancés ? bafouilla-t-elle afin de changer de sujet.

— Non.

Noémi fronça les sourcils, étonnée. Le couple de jeunes fiancés n'avait invité que leurs connaissances, presque toutes riches et célèbres, et avait tenu soigneusement secret le lieu de la fête, désireux d'éviter les paparazzis. Ce bel étranger s'était-il incrusté ? Était-il un parasite mondain ? À le voir – traits ciselés, élégance aristocratique —, cela semblait peu probable. Et puis aurait-il avoué tout de go ne pas connaître les fiancés s'il n'avait pas été invité ?

— Si vous ne connaissez pas les fiancés, comment se fait-il que vous soyez ici ?

Il haussa les épaules, désinvolte.

— L'hôte de la fête m'a invité.

Quelque chose en lui rendait Noémi curieuse d'en savoir plus. Il l'intriguait.

— Vous vivez à Milan ?

— Je ne fais que passer.

— En route pour où ?

— Je n'ai pas encore décidé.

Qu'il ne vive pas à Milan était un bon point pour lui. La dernière chose que Noémi voulait à ce stade de sa vie était une relation. Elle devait se concentrer sur son avenir. Sa carrière de mannequin perdait de plus en plus de son attrait à ses yeux, il lui fallait réfléchir à se battre pour une place plus importante dans l'entreprise familiale ou regarder ailleurs.

Dans ces circonstances, une soirée de plaisir ne pourrait pas lui faire de mal, n'est-ce pas ?

— Que diriez-vous d'aller dans un endroit plus calme ? demanda-t-il, comme s'il avait lu dans ses pensées.

— Mais… Je ne connais même pas votre prénom !

Il leva très brièvement les sourcils. Noémi se demanda si sa réaction était due au fait qu'il s'attendait à ce qu'elle le connaisse, ou s'il était simplement surpris qu'elle n'ait pas sauté sur son offre. Pourtant, en cet instant, elle ne pouvait rien imaginer de plus excitant que passer la soirée avec cet homme mystérieux et si attirant.

Son sombre costume parfaitement coupé était à n'en pas douter du sur-mesure. Alors qu'il portait son verre à ses lèvres, elle remarqua qu'il affichait une montre de marque. Tout en lui respirait la confiance, l'assurance. Il se tenait les épaules en arrière et le menton haut. Mais il n'était pas inaccessible non plus et semblait avoir le sens de l'humour. Par-dessus tout, il paraissait être du genre à savoir ce qu'il voulait et à le prendre. Et là, il semblait la vouloir *elle*.

— Je m'appelle Max.

Elle s'était attendue à un prénom plus sophistiqué, plus… imposant. C'était un prénom simple pour un homme en apparence complexe. Son visage avait dû refléter ses pensées, car il lui demanda :

— Vous n'aimez pas mon prénom ?

— Non, ce n'est pas ça, bredouilla-t-elle, gênée.

— Alors qu'est-ce que c'est ?

— J'avais imaginé quelque chose de plus… de moins… *commun*.

De manière très surprenante, il éclata de rire.

— Je ne dirai pas à ma mère que vous avez prononcé ces paroles.

— Non, s'il vous plaît ! répliqua-t-elle en feignant d'être horrifiée.

Elle aimait sa légèreté, son humour.

— Et quel est le vôtre ?

Sa question la tira de ses pensées.

— Mon quoi ?

— Votre prénom ? dit-il, visiblement amusé par son trouble.

Oh ! s'exclama-t-elle en rougissant. C'est Noémi.

— Un très beau prénom pour une très belle femme.

Il se rapprocha d'elle. Rien dans son expression n'indiquait qu'il avait reconnu l'héritière de Cattaneo Jewels, dont les créations étaient portées par les célébrités du monde entier. En revanche, quelque chose d'autre se reflétait dans ses yeux.

Du désir…

Leurs regards se soudèrent. Ce magnifique spécimen d'homme, qui pouvait avoir d'un claquement de doigts n'importe laquelle des invitées de la fête, la désirait *elle*. Son cœur s'emballa. Cela faisait bien longtemps qu'un homme ne lui avait pas tourné la tête.

Les battements de son cœur étaient si forts qu'elle pouvait à peine entendre ses propres pensées. Max tendit la main. Son pouce, tout en douceur, suivit le contour de sa mâchoire, avant que son doigt effleure sa lèvre inférieure. C'était un geste simple, tendre, qui envoya une onde de chaleur jusqu'aux tréfonds de sa féminité. Avant qu'elle puisse réagir à ces sensations inattendues, le regard de Max se posa sur ses lèvres. Allait-il l'embrasser… ?

Son cœur manqua un battement. Elle devait… faire quelque chose. Or son corps la trahissait : ses pieds refusaient de bouger et son menton se souleva légèrement. Max dut comprendre son muet consentement – son invitation ? – car il baissa la tête. Noémi ferma les yeux. Il n'était pas *bien* de désirer cela, de désirer cet homme… Et pourtant, elle le désirait, plus qu'elle ne croyait possible de désirer.

Les lèvres de Max étaient douces et tièdes. Gourmandes. Jamais un baiser n'avait été aussi bon. Elle n'avait pas l'habitude d'embrasser des inconnus, mais malgré le peu de temps qu'elle avait passé avec Max sur cette terrasse, elle avait l'étrange sentiment de pouvoir lui faire confiance.

Elle glissa les bras sur ses épaules musclées. Le baiser s'approfondit. Elle agrippa les doigts à sa nuque. Elle n'avait jamais été embrassée avec autant d'intensité et de passion. Elle n'était même pas sûre que ses pieds touchaient encore terre…

Soudain, Max s'écarta. Cela fut si rapide que Noémi se demanda si elle avait imaginé leur baiser. Mais ses lèvres frissonnaient encore à l'endroit où sa bouche avait touché la sienne ; et il lui envoya un sourire éblouissant qui lui promettait la même chose.

Si elle faisait preuve de sagesse, elle mettrait tout de suite fin à cette petite aventure. Or son corps bourdonnait d'un désir inassouvi. Pour une fois, elle voulait s'amuser, faire fi de toute prudence. Son frère ne l'avait-il pas accusée d'être impulsive ? C'était l'occasion de se montrer à la hauteur de l'accusation !

Max sortit son téléphone portable de la poche de sa veste.

— Qu'est-ce que tu fais ?

Noémi se rendit compte qu'elle l'avait instinctivement tutoyé. Il ne semblait pas s'en formaliser – après tout, ne venaient-ils pas de s'embrasser ?

— J'appelle mon chauffeur.

La conversation ne dura que quelques secondes. Max se tourna vers elle.

— Ma voiture nous attendra en bas dans quelques minutes. On y va ?

Elle n'avait jamais dit qu'elle irait quelque part avec lui ! songea-t-elle. La manière dont elle le regardait lui donnait-elle la certitude que tel serait le cas ? Ou se fiait-il au baiser si excitant qu'ils avaient partagé ?

— À quoi penses-tu ? demanda-t-il en dardant son regard sur elle.

— Je pensais que… Euh… Ce serait bien d'aller dans un endroit plus calme.

— Comme moi !

Il lui tendit le bras. Il fallut un moment à Noémi pour comprendre pourquoi. Puis elle fit le lien avec les vieux films en noir et blanc que sa mère collectionnait et posa la main sur son avant-bras. Elle trouvait son geste de gentleman terriblement romantique, même s'il était un peu dépassé. Avait-elle déniché un vrai chevalier servant ? Cet homme était différent de tous ceux qu'elle connaissait.

Il l'attirait.

Noémi avait le sentiment que cette soirée allait être inoubliable…

1.

Trois mois plus tard
Mont-Cœur, dans les Alpes suisses

Noémi faisait les cent pas dans son immense chambre – presque une suite – du chalet familial. Un feu crépitait joyeusement dans la cheminée, diffusant sa douce chaleur. Et pourtant, elle était incapable de tenir en place.

Mon Dieu, que dois-je faire… ?

Tant de choses s'étaient passées ces derniers mois que cela lui donnait le tournis. Tout d'abord, le test de grossesse qui s'était révélé positif. Alors qu'elle s'efforçait de comprendre ce que cela signifiait pour son avenir, elle était tombée par hasard sur une lettre destinée à ses parents, qui lui avait appris qu'elle avait un autre frère que Sebastian, Léo. Cette découverte l'avait bouleversée : comment ses parents avaient-ils pu garder un tel secret toute leur vie ?

Une dispute avait alors éclaté entre ses parents et elle. Sous le coup de la colère, Noémi avait hurlé des mots blessants, des mots qu'elle ne pensait pas, bien sûr. Et pourtant, elle ne pouvait plus les reprendre, ne pouvait plus dire à ses parents qu'elle était désolée et qu'elle les aimait.

Parce qu'ils étaient morts peu après, dans un accident d'hélicoptère, alors qu'ils étaient à New York pour rencontrer Léo.

C'était seulement à la lecture de leur testament que Noémi avait réalisé que ses parents ne seraient pas présents au chalet pour Noël. Mais les trois frères et sœur avaient décidé d'y passer les vacances ensemble.

Rencontrer son frère Léo pour la première fois avait été étrange, et plus étrange encore d'entendre le contenu du testament de ses parents. Elle n'aurait jamais imaginé qu'ils auraient pu donner à Léo le contrôle de Cattaneo Jewels pour six mois. Sebastian ne l'avait pas imaginé non plus : il avait été furieux. Et bien que Léo ait été clairement réticent, les conditions stipulaient que s'il refusait, l'entreprise familiale de joaillerie, une marque connue dans le monde entier, cesserait ses activités et serait liquidée.

Face à une situation très tendue, tout ce que Noémi avait pu faire pour convaincre ses frères d'y réfléchir avait été de les réunir ici, dans le chalet familial de Mont-Cœur. Ils allaient devoir prendre des décisions tous les trois ensemble.

Ses parents lui manquaient beaucoup, surtout sa mère. Elle avait plus que jamais besoin d'elle en ce moment. Elle essuya d'un geste décidé les larmes qui perlaient à ses paupières. Même si leur dernière conversation avait été virulente, Noémi ne doutait pas que ses parents l'avaient aimée, malgré ses quelques erreurs de parcours. Hélas, rien ne pouvait plus effacer les derniers mots de colère qu'ils avaient échangés, ni lui ramener Salvo et Nicole Cattaneo.

Noémi fixa le ciel nuageux de l'après-midi. De gros flocons de neige paresseux dérivaient lentement vers le sol, où ils fondaient aussitôt. D'habitude, elle trouvait cette vue paisible et relaxante. Mais pas aujourd'hui. Bientôt, elle ne pourrait plus garder son secret. Bientôt, même ses vêtements les plus amples ne pourraient plus cacher sa grossesse.

Que devrait-elle dire aux gens quand ils lui demanderaient qui était le père ?

« Il s'appelle Max. Il a un regard fascinant, et ses yeux semblent changer de couleur selon son humeur. Son corps athlétique, parfait, aurait pu servir de modèle à un sculpteur de la Grèce antique : son corps est comme une sculpture de muscles définis. C'est un amant merveilleux et délicat, et j'aime son rire profond. »

Son rire… S'en souvenir fit sourire Noémi. Après la nuit magique et torride qu'ils avaient passée ensemble, Max avait insisté sur le fait qu'il serait préférable de n'échanger ni leurs noms complets ni leurs numéros de téléphone. Elle avait hésité, puis accepté : après tout, aucun des deux ne cherchait une relation durable. Et maintenant qu'elle avait vraiment besoin de parler à Max, elle ne savait pas comment le joindre…

Son téléphone vibra, la tirant de ses pensées. Elle n'était pas d'humeur à parler à qui que ce soit, mais quand elle vit que c'était Maria, elle répondit.

— Comment vas-tu ? demanda sa belle-sœur et amie.

— Bien, je suppose…, soupira Noémi.

— Eh bien, qu'est-ce que ce serait si quelque chose n'allait pas !

— Qu'est-ce que tu veux dire ?

— D'habitude, tu es joyeuse, pétillante, mais ces derniers temps, tu sembles avoir moins le moral. À cause de tes parents ?

— Non. Même s'ils me manquent beaucoup.

— De quoi s'agit-il, alors ?

Maria avait toujours su lire en elle. Son amie était ce qui ressemblait le plus à une grande sœur pour Noémi. Et puis si elle ne se confiait pas à quelqu'un rapidement, elle allait éclater. Elle se mordilla la lèvre inférieure, puis se lança :

— Je peux te dire quelque chose ? Mais tu dois me promettre de ne pas en parler à Sebastian.

Il y eut une légère pause à l'autre bout du téléphone.

— Oublie ça, reprit Noémi. Je n'aurais jamais dû te demander de cacher quoi que ce soit à ton mari.

— Ne t'inquiète pas. Tu as besoin de te confier et tu sais que je serai toujours là pour toi. Je te promets que ton frère ne saura rien de ce que tu vas me dire. Parfois, il a tendance à te surprotéger.

— Et quand il apprendra la nouvelle, il va s'effondrer. Il sera comme papa et…

Elle s'interrompit en se souvenant que ses parents avaient vraiment mal pris la nouvelle de sa grossesse. Même s'ils avaient eu un enfant à l'adolescence, qu'ils avaient dû faire adopter, ils avaient malgré tout été déçus par sa grossesse non désirée. Elle en avait été choquée et blessée. Elle avait pensé que plus que n'importe qui au monde, ils auraient compris. Et ils étaient déjà morts avant qu'ils aient pu tous les trois apaiser cette tension.

— Relax, dit Maria, la tirant de ses pensées. On va trouver comment s'occuper de Sebastian.

— Merci, Maria. Je vais m'en charger.

— Comme tu veux. Mais tu ne m'as toujours pas dit ce qui te préoccupait. Je peux peut-être t'aider. Ce n'est sans doute pas aussi grave que tu l'imagines.

— Non. C'est pire.

Noémi frémit, nerveuse. En disant les mots à haute voix, elle allait rendre cette grossesse réelle, tout comme la lecture du testament avait rendu réelle la mort de ses parents. Une fois qu'elle aurait parlé du bébé à Maria, il n'y aurait plus de faux-semblants. Dans moins de six mois, elle allait accoucher.

— Je suis enceinte.

Silence. Silence total et absolu. Le cœur de Noémi s'emballa. Ses mains étaient moites, son estomac noué. À quoi pensait Maria ? Était-elle déçue, elle aussi, tout comme ses parents l'avaient été ?

— Tu es sûre ?

— Trois tests de grossesse positifs, une visite médicale : c'est officiel.

— Comment te sens-tu ?

— Je savais que je voulais des enfants un jour, mais pas si tôt. Je n'ai que vingt-six ans !

— Et le père, comment se sent-il ?

— Je… Je ne sais pas, bredouilla-t-elle.

— Noémi, tu lui as dit, n'est-ce pas ?

Elle prit une profonde respiration, en essayant de calmer son angoisse. Puis elle se mit à raconter comment elle avait rencontré Max et à quel point elle avait été stupide ce soir-là. Elle n'allait pas très bien et n'avait pas les idées claires.

— Ne t'inquiète pas, tout ira bien, affirma Maria, dont la voix disait le contraire.

— Même toi, tu n'y crois pas. Qu'est-ce que je vais faire ? Je ne vais pas pouvoir cacher mon état plus longtemps. La plupart de mes vêtements ne me vont plus !

— J'ai trouvé ! s'exclama Maria, comme si elle venait de découvrir la réponse à tous les problèmes de Noémi. Il te faut une cure de shopping !

Ses épaules s'affaissèrent. C'était la toute dernière chose dont elle avait envie.

— Tu es sérieuse ?

— Très sérieuse. Que fais-tu en ce moment ?

— Les cent pas dans ma chambre.

— Et cela t'aide ?

— Je réfléchis.

— Et jusqu'à présent, tu n'as obtenu aucune réponse. Tu dois sortir de ce chalet. L'air frais te fera du bien. Du shopping, c'est juste ce qu'il te faut.

— C'est ce que tu as fait quand Sebastian et toi vous êtes séparés ?

Noémi réalisa qu'elle abordait un sujet très douloureux. *Quelle idiote !*

— Oublie ce que je viens de dire. Pardon, je ne suis pas moi-même, aujourd'hui.

— En fait, c'est ce que j'ai fait.

— Cela a-t-il aidé ?

— Temporairement, déclara-t-elle, la voix emplie d'émotion. Mais assez parlé de moi ! Tu sais que si c'était possible, je serais là avec toi. Crois-moi, après avoir acheté quelques cadeaux de Noël et de nouveaux vêtements confortables, tu te sentiras beaucoup mieux. Il n'y a rien de pire que d'être à l'étroit dans des vêtements trop serrés !

Maria avait donné naissance à Frankie, le neveu de

Noémi, près de deux ans auparavant. Elle en savait beaucoup plus qu'elle sur la grossesse. Peut-être avait-elle raison, après tout…

Elle jeta un coup d'œil à son jean posé sur le lit. Elle rentrait encore dedans, sans pouvoir remonter la fermeture Éclair, cependant. Et même si elle aimait bien ses leggings, elle ne pouvait pas les porter jusqu'à l'accouchement.

— Tu vas le faire, n'est-ce pas ? demanda Maria.

— Oui, je vais y aller.

— Bien. Appelle-moi plus tard pour me dire comment ça s'est passé.

Après avoir raccroché, Noémi resta un long moment immobile, l'esprit vide. Elle n'était toujours pas certaine que faire du shopping était la solution, mais que faire d'autre alors qu'elle était seule au chalet ?

Le puissant 4x4 conduit par l'un de ses gardes du corps serpentait sur la petite route de montagne qui menait à la très huppée station de sports d'hiver de Mont-Cœur. Assis à l'arrière à côté de Shaun, un autre de ses gardes du corps, Max observait par la fenêtre le sublime paysage qu'offraient les Alpes suisses. Installé sur le siège passager, Roc, gorille lui aussi en plus d'être son ami, complétait le quatuor.

Être Maximilien Steiner-Wolf, prince héritier du petit royaume d'Ostanie, lui imposait de toujours voyager encadré par un strict dispositif de protection. Max s'y était habitué depuis son plus jeune âge, et ses gardes du corps étaient très doués pour devenir invisibles.

Max avait l'intention de skier une semaine ou deux à Mont-Cœur avant de retourner au palais. Il n'était pas rentré chez lui depuis des mois, mais Noël était une fête importante en Ostanie et la tradition voulait que la famille régnante y passe les fêtes. Après tout, il était toujours le prince héritier, même s'il ne serait jamais roi – ce que son peuple ignorait encore.

Bien que Max, l'aîné, ait été préparé dès sa naissance à diriger son petit pays coincé au milieu de l'Europe, le cancer qui l'avait frappé à l'adolescence avait changé la donne. Car même s'il avait surmonté la maladie, les médecins l'avaient informé qu'il était très probablement devenu stérile. Or le roi d'Ostanie devait être capable d'engendrer un héritier. Max savait donc depuis des années qu'il ne monterait jamais sur le trône. Afin de ne pas créer de remous autour de l'avenir du royaume, le palais avait tu l'infertilité de Max, tout en préparant son frère cadet, Tobias, à diriger. Aux yeux du monde entier, Max était toujours le prince héritier.

Il laissait ses pensées vagabonder tandis que de légers flocons virevoltaient à l'extérieur.

Pendant que l'attention de ses parents se portait sur Tobias, il avait parcouru le monde. S'il n'était pas aussi fêtard que la presse people le prétendait parfois, il savait comment s'amuser. Mais tout cela était sur le point de changer. Il était fatigué d'aller de palace en palace, de station balnéaire en station balnéaire, de femme en femme. Au début, c'était amusant ; la liberté était enivrante. Aujourd'hui, il en avait assez. Il voulait faire autre chose de sa vie.

Son escapade à Mont-Cœur serait sa dernière. Après avoir dévalé les pentes et s'être vidé la tête, il aurait une discussion difficile avec ses parents. Il l'avait repoussée depuis trop longtemps. Il devait officiellement renoncer à son statut de prince héritier afin de se construire un avenir. Cela ne serait pas facile. Il avait toujours été un compétiteur, et la perspective de se retirer pour laisser son jeune frère prendre sa place lui laissait en bouche un goût amer. Pire, il avait l'impression qu'il allait laisser tomber sa famille, son pays.

Le 4x4 ralentit alors qu'ils entraient dans le village. Max demanda au chauffeur de s'arrêter devant un magasin de ski. Il avait perdu ses lunettes de soleil et avait besoin d'une nouvelle paire avant de s'élancer sur les pistes.

À peine le véhicule immobilisé, Max ouvrit la portière.

Il n'avait pas fait deux pas dans la rue qu'un badaud brandissait un téléphone sous son nez et le prenait en photo. Max pesta intérieurement : cela s'annonçait être un de ces voyages où il était sans cesse sollicité pour des photos et des autographes. Normalement, ça ne le dérangeait pas, et puis ce n'était pas si fréquent, mais en ce moment il avait trop de choses en tête.

— C'est le prince d'Ostanie ! s'écria quelqu'un.

Tous les passants se tournèrent vers lui. Aussitôt, Shaun et Roc l'encadrèrent. Il s'efforça de sourire et entra dans la boutique.

Les murs étaient tapissés de snowboards et de paires de skis. Des lumières scintillantes colorées étaient disposées un peu partout et les employés portaient des chapeaux de Père Noël rouges avec des pompons blancs. Max tourna dans la première allée et faillit entrer en collision avec une jolie jeune femme, qui lui décocha un large et engageant sourire. Il n'y répondit pas, peu désireux d'entamer un échange. Il s'excusa et s'éloigna.

Depuis qu'il avait rencontré Noémi, songea-t-il en cherchant le rayon des lunettes, aucune femme ne lui avait fait tourner la tête. Pire : ils les avaient toutes trouvées fades. Et pourtant, il l'avait laissée s'enfuir sans lui demander son numéro. Il pensait à l'époque qu'il s'en remettrait rapidement, comme d'habitude avec les femmes qui passaient dans sa vie. Mais il y avait quelque chose de différent chez Noémi.

Elle semblait dure, mais à l'intérieur, là où elle n'autorisait personne à entrer, Max avait décelé de la fragilité. Elle l'avait laissé s'approcher suffisamment pour qu'il aperçoive son côté tendre. Mais aussitôt, elle s'était cachée derrière un grand sourire et une plaisanterie.

Il se souvenait avec précision de son beau visage. Ses yeux bruns étaient pailletés d'or. Et quand il fermait les yeux, il sentait le doux toucher de ses lèvres pressées sur les siennes. D'une secousse mentale, il chassa ces pensées, puis se concentra sur le choix de sa paire de lunettes.

Lorsqu'il arriva à la caisse, la jolie femme qu'il avait croisée en entrant faisait semblant de choisir un baume à lèvres. Elle leva la tête et planta le regard dans le sien, en une muette invitation. Max s'empressa de payer et de sortir. Tout ce qu'il désirait, c'était rejoindre son chalet pour se détendre.

Lorsqu'il poussa la porte, il se retrouva face à une petite foule et des flashs l'aveuglèrent aussitôt.

2.

Peut-être que le shopping n'était pas une si mauvaise idée, après tout, songea Noémi en se dirigeant vers la sortie de la boutique dans laquelle elle venait d'acheter des jeans extensibles, beaucoup plus adaptés à son état.

Elle avait également trouvé au cours de sa petite virée thérapeutique des chemisiers et des pulls amples qui lui descendaient jusqu'aux hanches. Pendant un certain temps, ils cacheraient l'arrondissement de son ventre. Ces vêtements ne ressemblaient pas à ceux, souvent ajustés et près du corps, flatteurs pour la silhouette, qu'elle portait normalement ; mais aux grands maux les grands remèdes.

Comme Maria le lui avait suggéré, Noémi avait pris le temps de faire quelques courses de Noël. Elle avait acheté deux pulls de marque, un pour Léo, son frère retrouvé, et un pour Sebastian. Sebastian et elle n'étaient pas toujours d'accord, et le ton montait parfois, mais elle l'aimait profondément.

Cachée derrière de grosses lunettes de soleil noires et un bonnet gris en tricot porté en arrière du crâne, Noémi sortit du magasin et se dirigea vers sa voiture. Les nuages qui avaient donné de la neige un peu plus tôt dans la journée avaient disparu et le soleil brillait à nouveau. Devant elle, une petite foule se pressait sur le trottoir et jusque sur la chaussée. Elle jeta un coup d'œil autour d'elle : que se passait-il ?

Tous ces gens étaient massés entre sa voiture et elle. Noémi essayait de se faufiler malgré ses nombreux sacs, lourds et encombrants. Mais peu de personnes étaient coopératives, toutes tournées vers un magasin de ski. Soudain, ce fut comme si un frisson électrique parcourait la foule. Noémi s'arrêta et se tourna vers une jeune femme qui tenait son téléphone portable à bout de bras, comme pour filmer ou prendre une photo.

— Excusez-moi, vous savez ce qu'il se passe ?

La jeune femme lui sourit, l'air exalté.

— Le prince Maximilien Steiner-Wolf est dans cette boutique !

Noémi avait déjà entendu ce nom auparavant, mais elle était incapable d'y associer un visage. À en croire le monde autour d'elle, elle était en minorité…

— Ses gardes du corps ne laissent plus entrer personne, reprit la groupie.

Elle avait de la peine pour ce type. En tant que visage de Cattaneo Jewels, elle avait été très exposée, mais jamais une foule ne s'était formée devant un magasin où elle était entrée ! Elle releva ses lunettes de soleil et essaya d'apercevoir ce fameux prince qui soulevait tant d'enthousiasme, en vain.

Au moment où elle reprenait ses sacs pour continuer de tâcher d'avancer, une acclamation s'éleva ; puis les gens se précipitèrent, s'agglutinèrent, surexcités. Comme Noémi était en bordure du rassemblement, elle se retrouva à l'extérieur de la cohue. Son soulagement fut de courte durée : quelqu'un la percuta de plein fouet. Elle battit des bras pour garder l'équilibre et le contenu de ses sacs se répandit au sol autour d'elle. Au moment où elle allait tomber, deux mains se tendirent vers elle et lui saisirent la taille. Elle leva les yeux vers son sauveur et…

Mon Dieu !

C'était Max.

Le cœur de Noémi battait la chamade. Que faisait Max ici ? Attendait-il lui aussi pour voir ce satané prince Machin ?

— Noémi ?

Ses yeux étaient écarquillés, une expression de pure surprise marquait ses traits. Et puis un sourire souleva les commissures de ses lèvres.

— Je suis désolé. Je ne t'avais pas vue.

Max se pencha et commença à remettre dans les sacs les paquets éparpillés. Abasourdie, sonnée, Noémi s'agenouilla à côté de lui pour l'aider.

— Que… Qu'est-ce que tu fais ici ? demanda-t-elle.

— Comme tout le monde, je crois : je suis venu skier.

Ils se redressèrent en même temps. Noémi croisa son hypnotique regard noisette. Lorsqu'elle parvint à s'en détacher, trop consciente du danger, elle s'aperçut que la foule faisait cercle autour d'eux. En silence – même si la plupart continuaient à filmer et à prendre des photos.

— Qu'est-ce qui se passe ? marmonna-t-elle en fronçant les sourcils.

Une ampoule s'alluma alors dans sa tête.

— Non ? C'est toi ? Tu es le prince de tous ces cœurs ?

Max ne sembla pas goûter son ironie : son corps s'était raidi et sa voix était crispée lorsqu'il lui répondit :

— Oui. Je suis le prince Maximilien Steiner-Wolf.

Réalisant que tout le monde les regardait, Noémi se força à refermer sa bouche restée grande ouverte. Comment était-ce possible ? Était-elle si déconnectée de la réalité qu'elle n'avait pas compris que le père de son bébé était de sang royal ?

Elle avait quantité de questions à lui poser, mais elles restaient coincées dans sa gorge : ce n'était ni le moment ni l'endroit pour reparler d'un passé pas si lointain.

— Viens avec moi, proposa-t-il.

Sans attendre sa réponse, il lui prit la main et, encadrés par deux armoires à glace, ils atteignirent un 4x4 noir. Noémi n'était pas certaine de faire preuve de sagesse en suivant ainsi un homme auquel elle pensait encore beaucoup trop, mais c'était mieux que d'être cernés par tous ces curieux.

Ils s'installèrent à l'arrière du véhicule. Max donna l'ordre à son chauffeur de démarrer. Noémi se tourna vers lui. Elle avait besoin de réponses. Elle avait besoin de savoir pourquoi il lui avait caché son titre. Elle mourrait d'envie de savoir.

— Pas maintenant, dit Max comme s'il lisait dans ses pensées.

— Ma voiture est garée juste là, s'exclama Noémi tandis qu'ils passaient devant.

— Ne t'inquiète pas, nous reviendrons la chercher.

Était-elle en train de rêver ? La foule, Max à Mont-Cœur, le 4x4, les trois gardes du corps… Oui, elle rêvait. Parce qu'il n'était pas possible qu'elle soit enceinte d'un prince.

— Noémi ?

La voix de Max la ramena au réel. Au *réel*. Tout cela était donc vrai…

— Oui ?

— Je t'ai demandé où tu logeais.

— Prenez à gauche au prochain carrefour, dit-elle au chauffeur.

— Vers la résidence fermée ? s'étonna Max.

Elle hocha la tête. Il se demandait probablement pourquoi elle vivait dans un quartier aussi huppé – ses voisins étaient des acteurs, chanteurs, des personnalités plus ou moins célèbres mais toutes fortunées. Apparemment, elle n'était pas la seule à être dans le noir ; il ne l'avait pas reconnue, alors que son visage avait été imprimé dans tous les magazines du monde pendant des années.

Lorsqu'ils atteignirent le portail d'accès à la résidence, Max baissa la vitre pour qu'elle puisse parler au gardien. Elle dut insister un peu, car la sécurité était très stricte, mais lorsque le gardien reconnut Max, il leva aussitôt la barrière. Noémi indiqua au chauffeur l'emplacement du chalet familial.

— Je ne suis jamais venu dans cette partie de Mont-Cœur, déclara Max. J'ai toujours préféré loger près des pistes.

Une pointe de tristesse assaillit Noémi en constatant une nouvelle fois que cette année, leur chalet n'était pas le plus ni le mieux décoré pour Noël. D'habitude, c'était son père qui s'en chargeait, mais cette année… Eh bien cette année, elle avait dû tout faire elle-même, et ce n'était pas aussi spectaculaire que les années précédentes.

Ses paumes devinrent moites. Elle ne pouvait pas se détendre – pas avec Max à côté d'elle. Elle ne parvenait pas à savoir ce qui la rendait le plus nerveuse : le revoir alors qu'elle était enceinte de lui ou avoir appris qu'elle avait passé la nuit la plus torride de sa vie avec un prince de sang.

Quand elle raconterait cela à Maria, son amie n'allait jamais la croire !

Max mourrait d'envie d'embrasser les lèvres framboise de Noémi. Le souvenir de leur douceur le narguait, le tentait, l'excitait. Néanmoins, maintenant qu'il l'avait retrouvée, la dernière chose qu'il voulait était l'effrayer. Quelles étaient les probabilités pour qu'ils se rencontrent à nouveau ?

Minces. *Très* minces.

Il était impossible qu'elle ait découvert sa véritable identité et manigancé ces retrouvailles puisque, avant la veille au soir, lui-même n'avait pas encore décidé de venir en Suisse.

Noémi était raide, le visage tourné vers l'extérieur. Visiblement mal à l'aise. Normalement, en apprenant qu'il était prince héritier, les femmes se rapprochaient de lui. Noémi, elle, s'éloignait. Intéressant…

Pourtant, malgré sa froideur, il était certain qu'elle aussi avait apprécié la nuit qu'ils avaient partagée. Et qui sait ? Peut-être l'étincelle entre eux ne s'était-elle pas éteinte…

Le 4x4 s'arrêta devant un luxueux chalet. Noémi bondit

hors du véhicule en lançant un « merci » par-dessus son épaule. Ce serait facile de la laisser rentrer chez elle et de faire demi-tour. Il aurait toujours les souvenirs ardents de leurs étreintes et du plaisir qu'il en avait retiré. Mais elle, qu'avait-elle éprouvé ? Avait-il imaginé qu'elle avait pris du plaisir entre ses bras – *beaucoup* de plaisir ? S'il ne la retenait pas, il ne saurait jamais.

Il ouvrit sa portière et suivit la jeune femme dans l'allée qui menait à la petite véranda.

— Noémi, attends !

Pendant un moment, il pensa qu'elle n'allait pas s'arrêter. Elle avait grimpé les marches et sa main était sur la poignée de la porte. Il la vit hésiter. Elle se tourna vers lui sans un mot. Son regard évitait de se river au sien. Elle se tenait là, attendant qu'il parle.

— Tu ne m'as même pas dit ton nom. Je ne veux pas faire deux fois la même erreur : te laisser partir sans pouvoir te retrouver.

— Oh… C'est Cattaneo. Noémi Cattaneo.

— Cattaneo ? Ce nom me dit quelque chose…

— Tu as probablement entendu parler de notre entreprise familiale de joaillerie, Cattaneo Jewels.

Max faillit se frapper le front du plat de la main. Quel idiot ! Bien sûr qu'il connaissait Cattaneo Jewels, qui fabriquait parmi les plus beaux bijoux du monde, portés par des stars et des personnalités sur toute la planète.

— Oui, évidemment. Bref, je voulais te dire que… je suis désolé. J'ai mal géré tout ça.

— Ce n'est pas ta faute si les gens t'ont reconnu dans la rue.

— Non, dit-il en secouant la tête. Pas pour ça. Je suis désolé d'avoir insisté pour qu'on ne reste pas en contact. J'ai pensé à toi…

— Je n'ai pas besoin de ta pitié, le coupa-t-elle.

— Ce n'est pas de la pitié. Je… J'ai juste mal géré la situation et je tiens à m'excuser.

Elle écarquilla les yeux, comme si sa contrition la surprenait, puis son regard se perdit au loin.

— Nous avons pris la bonne décision. Nos vies sont trop différentes. Je veux dire que tu… tu as un pays à diriger. Et je suis… Je… J'ai des choses à faire.

Max n'avait jamais vu Noémi nerveuse. Elle en bafouillait. Ils n'avaient pas passé beaucoup de temps ensemble, certes, mais il avait toujours vu une jeune femme sûre d'elle et amusante. La Noémi qui se tenait devant lui était différente, et il voulait savoir ce qui l'avait changée. Pourquoi évitait-elle de le regarder en face ?

Un prince… Comment est-ce possible ?

Tellement d'émotions contradictoires traversaient Noémi qu'elle ne savait pas quoi lui dire. Une partie d'elle avait envie de tomber dans ses bras et de reprendre là où ils s'étaient arrêtés. Pourtant, sa part raisonnable lui disait de faire attention. Max était un homme très puissant. Elle ne pouvait pas laisser échapper qu'elle était enceinte de lui. Découvrir qu'il était prince de sang avait tout changé. Elle avait besoin de temps pour réfléchir.

— … dîner avec moi ?

Elle n'avait pas entendu le début de la question, perdue dans ses pensées, mais elle répondit aussitôt :

— Je ne pense pas que ce soit une bonne idée.

L'espoir quitta le visage de Max.

— Ce que nous avons partagé ensemble était si… *oubliable* ?

— C'était loin d'être oubliable.

Les mots lui étaient sortis de la bouche avant qu'elle réalise qu'elle en dévoilait trop. Elle n'avait pratiquement pas pu penser à autre chose depuis qu'elle avait appris qu'elle était enceinte. Et pour être franche avec elle-même, elle avait beaucoup pensé à lui depuis le lendemain de leur folle nuit. Elle se demandait ce qu'il faisait, avec qui il le faisait, et si lui aussi pensait à elle.

— Voilà qui fait plaisir à entendre, dit-il. Alors on va dîner !

Noémi se souvint de la foule qui attendait Max devant le magasin de ski. Elle ne pouvait même pas imaginer se donner en spectacle en dînant dans un restaurant. Ils seraient comme deux animaux de zoo.

— Nous ne pouvons pas, répondit-elle, même si cela la chagrinait. Désormais, tout Mont-Cœur sait que tu es ici. Les paparazzis, les simples curieux sont déjà tous à ta recherche.

Et jusqu'à ce qu'elle ait un plan concernant leur bébé, Noémi ne voulait pas faire d'erreurs – et surtout pas que quoi que ce soit devienne public.

Il rit.

— Je ne vois pas ce qu'il y a de drôle, s'offusqua-t-elle.

— Ne te méprends pas, je ne me moque pas de toi. Je te trouve incroyable, rafraîchissante. La plupart des femmes se damneraient pour dîner avec moi. Pas toi. Ce qui me rend encore plus déterminé à te revoir. Je ne partirai pas d'ici tant que tu n'auras pas accepté.

— Pas ce soir.

Elle voulait se vider l'esprit et faire quelques recherches sur Internet. Max s'assombrit.

— J'ai le sentiment que si je cède pour ce soir, je n'aurai pas de seconde chance ; que tu trouveras toujours une excuse.

— Une autre fois, je te le promets.

— Dois-je te supplier, *cara mia* ?

— Tu parles italien, s'exclama-t-elle, surprise.

— Français, italien, anglais et un peu allemand. L'Ostanie est située à proximité de la France, de l'Italie et de la Suisse. Nous y parlons français, mais sommes influencés par les pays environnants. Je pourrais t'en dire plus sur mon pays au cours du dîner, conclut-il avec un clin d'œil.

Ce n'était pas au sujet de son pays qu'elle avait envie d'en savoir plus. Et ils avaient beaucoup de choses à se dire.

D'instinct, sa main se déplaça vers son ventre, mais elle se rattrapa à temps et baissa le bras le long de son corps.

— Si tu t'inquiètes pour ta vie privée, nous pouvons dîner dans mon chalet, proposa-t-il, une belle lueur d'espoir dans les yeux.

— Tu es déterminé, n'est-ce pas ?

— Je n'ai jamais été aussi déterminé de ma vie.

Elle ne rêvait pas : un prince riche et terriblement beau la suppliait de dîner avec lui. Mais même si elle voulait passer plus de temps avec lui, une partie d'elle s'inquiétait de ce qui se passerait lorsqu'il apprendrait l'existence du bébé. La rejetterait-il ? Rejetterait-il sa propre chair et son propre sang ? Essaierait-il de lui enlever le bébé ? L'idée la fit frémir.

Reste prudente !

La seule façon pour elle d'obtenir des réponses à ses questions était d'accepter son invitation.

— D'accord, céda-t-elle. Je vais dîner avec toi.

— Super ! s'écria-t-il, visiblement ravi. Je t'envoie une voiture à 19 heures.

— Je peux conduire, protesta-t-elle, avant de se souvenir qu'elle n'avait plus son véhicule. Ah, mince ! J'ai laissé ma voiture au village.

— Je vais envoyer la mienne. Et si tu me donnes tes clés, je m'assurerai que la tienne t'attendra à mon chalet.

Noémi soupira.

— Très bien. Disons 19 h 15.

Cela devrait lui laisser juste assez de temps pour trier ses achats afin de trouver quelque chose d'approprié à porter, puis de faire des recherches sur Internet.

Max fit un signe de tête.

— À tout à l'heure.

Il se dirigea vers son 4x4, puis s'arrêta et se tourna vers elle.

— Y a-t-il quelque chose de particulier que tu aimerais manger ? Quelque chose dont tu as envie ?

— Non, je ne suis pas difficile.

Il lui décocha un regard surpris. Apparemment, le prince n'était pas habitué aux femmes qui mangeaient de tout. Elle se demanda avec quel genre de femmes il sortait d'habitude.

— Très bien. Alors je vais essayer de te surprendre.

Il se retourna et s'éloigna. Noémi avait une envie folle de foncer à l'intérieur et de se diriger directement vers son ordinateur, mais elle se retint. Elle attendit que le 4x4 ait démarré avant de rentrer.

Elle prit son ordinateur portable sur son bureau et s'assit sur son lit, l'appareil sur les genoux. Ce n'était peut-être pas bien d'espionner sur Internet, mais maintenant qu'elle savait qui était le père de son bébé, elle devait en apprendre davantage.

Noémi avait eu maille à partir avec les paparazzis, donc elle savait que la plupart des articles seraient exagérés. Pourtant, une boule se forma dans sa gorge lorsqu'elle découvrit les gros titres à l'écran :

« Deux bombes blondes pour le prince ! », « Le prince Maximilien avec la femme numéro cinq en autant de soirées ! », « Le prince playboy frappe encore ! », « Le prince Max et son harem ! »

Seigneur ! C'était pire que ce qu'elle s'était autorisé à imaginer. Et comme des photos illustraient la plupart des articles, elle se demandait à présent qui était vraiment Max…

Découragée, elle referma son ordinateur portable. Elle avait toujours cru que la nuit où leur bébé avait été conçu, ils avaient partagé quelque chose de spécial ; elle n'aurait jamais pensé n'être qu'un nom de plus au tableau de chasse d'un coureur de jupons…

Elle posa une main sur son ventre.

— Dans quel pétrin nous ai-je mis, murmura-t-elle à son bébé.

3.

Il n'aurait peut-être pas dû insister. Après tout, il n'était pas homme à mendier la compagnie d'une femme. Du moins jusqu'à aujourd'hui… Noémi devait avoir quelque chose de différent pour qu'il ait ainsi agi contre nature. Son sourire éblouissant ? Ses yeux envoûtants ? Ses délicieuses lèvres charnues ?

Assis à son bureau, dans sa chambre, Max essayait de se concentrer sur les dizaines de courriels qui requéraient son attention. Ses responsabilités ne cessaient pas quand il quittait le palais. Il commençait même à penser que ses parents lui donnaient beaucoup de travail pour faire en sorte qu'il ne se coupe pas des affaires de son pays.

Il repéra un message de sa mère, la reine. Elle ne lui écrivait pas souvent. Elle était un peu fâchée après lui ; selon elle, il devrait être plus souvent au palais pour jouer son rôle de prince héritier. Elle n'avait aucune idée de ce que cela lui coûtait d'agir ainsi alors qu'il savait, et toute la cour aussi, qu'il ne serait jamais couronné roi.

Il ouvrit le courriel de sa mère. Le ton était froid et professionnel pour lui indiquer le calendrier des événements de Noël et comment il devrait participer aux festivités. Il n'y avait pas un seul mot personnel dans tout le message. Celui-ci n'appelait pas de réponse, aussi Max ne répondit-il pas. Il savait qu'elle le pensait parti depuis trop longtemps et qu'elle avait feuilleté la presse people, donc qu'elle était en colère après lui. Une fois de plus.

Toc ! Toc !

Max se leva de son bureau et alla ouvrir la porte.

— Monsieur, Mlle Cattaneo est arrivée, déclara Shaun.

— Déjà !

Il consulta sa montre. Bon sang, il n'avait pas fait attention à l'heure ni vu le temps passer !

— Offrez-lui un verre et dites-lui que j'arrive tout de suite.

Il ferma son ordinateur portable et gagna la salle de bains attenante à sa chambre. Il sauta dans la douche.

Cinq minutes plus tard, les cheveux encore humides, Max entra dans le salon. Noémi était toujours là.

— Je suis désolé, dit-il en lui souriant.

Il fit un geste en direction de son verre vide sur la table basse.

— Un autre verre ?

— Avec plaisir.

— Qu'est-ce que tu buvais ?

— De l'eau.

De l'eau ? Cela lui sembla étrange. Peut-être s'était-il habitué à servir du vin lors de ses rendez-vous galants. Noémi était décidément différente des autres femmes ! Il saisit la carafe et remplit le verre de son invitée. Lorsqu'il le lui tendit, leurs doigts se frôlèrent. Aussitôt, il se souvint de la douceur de sa peau, de la chaleur de son corps et de ses baisers. Sa bouche devint sèche et il décida de boire lui aussi un peu d'eau. Il s'assit ensuite dans le fauteuil en face du sien.

— C'est vraiment bon de te revoir, dit-il. Je ne m'attendais pas à te rencontrer à Mont-Cœur.

Elle arqua un sourcil.

— Pourquoi ? Le ski est réservé aux hommes, de nos jours ? ironisa-t-elle.

Max comprit que la partie allait être serrée. Elle était en colère – sans doute à cause de la façon dont ils s'étaient séparés après leur incroyable nuit. Et c'était sa faute.

— Noémi, à Milan, je n'ai pas bien géré les choses. Y

a-t-il une chance que tu me pardonnes ? Peut-être pouvons-nous repartir de zéro ?

— Je t'ai dit que tout allait bien.

Ses mots disaient blanc mais son regard disait noir.

— Le givre qui commence à se former dans cette pièce me fait penser que je devrais aller chercher mon blouson de ski et mes gants, la taquina-t-il.

Sa boutade arracha un petit sourire crispé à Noémi. Ce n'était pas grand-chose, mais c'était un début.

— C'est mieux, dit-il.

Elle inclina la tête sur le côté. Son regard fouilla le sien comme si elle pouvait lire la vérité dans ses yeux.

— Pourquoi faire tant d'efforts alors que tu peux avoir toutes les femmes que tu veux ?

— J'ai beaucoup pensé à toi depuis cette nuit-là. Je me suis demandé ce qui aurait pu arriver si nous avions passé plus de temps ensemble.

— Vraiment ?

Il y avait du doute dans sa voix.

— C'est si difficile à croire ?

— Tu voulais une aventure sans lendemain.

— Si je me souviens bien, tu étais d'accord.

Noémi baissa les yeux et soupira.

— C'est vrai, admit-elle.

Enfin ils semblaient arriver à quelque chose !

— Et tu penses que nous pouvons essayer de prendre un nouveau départ ?

Le silence s'installa. Max savait qu'il serait difficile de retrouver la magie de cette nuit milanaise si spéciale, mais il devait essayer. Hélas, à chaque seconde qui s'écoulait sans réponse de Noémi, ses espoirs déclinaient.

— Oui, nous pouvons essayer, finit-elle par murmurer.

Le dîner s'était déroulé dans une ambiance détendue. Max avait choisi des sujets de conversation légers, désireux de voir Noémi se détendre. Il avait demandé à son cuisinier de préparer un repas basique, car il n'avait absolument aucune idée de ce que Noémi aimait manger.

Après une salade César, on leur avait servi une assiette de pâtes à la sauce bolognaise avec du parmesan râpé. Noémi avait mangé de bon appétit. Elle avait également adoré la vue sur la montagne et les pistes de ski encore éclairées qu'offraient les immenses baies vitrées de la salle à manger. Dire qu'elle était belle était un euphémisme, songea-t-il.

— C'était incroyable ! Merci, dit-elle en se levant de table. C'était chouette de te revoir. Je vais rentrer, maintenant.

Max s'affola, tout en tâchant de ne pas le montrer. Il ne pouvait pas la laisser partir ! Pas encore.

— Reste. Nous n'avons même pas pris de dessert !

— Je n'ai plus de place, après ce délicieux repas.

Il se dirigea vers le canapé, posé devant la cheminée dans laquelle crépitait un feu de bois.

— Pourquoi ne pas t'asseoir quelques minutes ?

Noémi ne fit pas mine de le rejoindre. Elle restait debout, immobile, le regard tourné vers la porte.

— S'il te plaît, laisse-moi une chance de te parler.

Il capta une fugace lueur d'intérêt dans son regard. Elle le rejoignit. Lorsqu'ils s'assirent, elle laissa un grand vide entre eux. Il espérait qu'à la fin de leur conversation, cet espace serait considérablement réduit.

— Le soir où nous nous sommes rencontrés, commença-t-il, j'ai été captivé par ta beauté.

Un petit sourire se dessina sur les lèvres de Noémi. Un bon signe. Pourtant, elle resta silencieuse, comme si elle lui donnait la possibilité de s'expliquer sans interférer.

— Je ne comptais pas rencontrer quelqu'un, reprit Max. En tout cas, pas quelqu'un comme toi. Tu as été comme une chaude brise de printemps par une nuit glaciale. Et le lendemain matin, j'ai reçu de mauvaises nouvelles de chez moi.

Il n'avait pas voulu accabler Noémi avec la dégradation de l'état de santé de son père. Ce n'était pas comme s'ils étaient engagés dans une relation sérieuse. C'était à lui de porter ce fardeau tout seul.

Lorsque sa mère l'avait appelé, ce matin-là, Max avait prévu de rentrer en Ostanie immédiatement. Il était à l'aéroport quand son père lui avait téléphoné à son tour, pour lui dire que sa mère avait réagi de façon excessive. Le roi avait insisté sur le fait qu'il allait bien ; il avait ajouté, en termes très clairs, qu'il n'avait que faire de la pitié de son fils et qu'il était inutile de venir le voir. Il était si animé au téléphone que Max avait pensé que sa mère avait un peu exagéré dans l'inquiétude. Même si le long combat de son père contre le diabète le préoccupait, Max avait obéi. Il était allé à Madrid, pour une mission diplomatique visant à encourager l'augmentation des échanges commerciaux entre l'Espagne et l'Ostanie.

— Tu n'as pas à te justifier, dit Noémi.

Pourtant, Max décida de lui dire la vérité. Elle le méritait.

— C'était mon père. Ma mère était très inquiète pour sa santé.

Noémi le dévisagea un long moment.

— C'est pour ça que tu étais si différent, au matin ? Parce que tu étais inquiet pour ton père, pas parce que tu regrettais d'avoir passé la nuit avec moi ?

— Oui.

— Tu le penses vraiment ? Tu ne dis pas ça pour ne pas me blesser ?

— Je me suis affolé. Ma mère dramatise facilement, et j'ai eu peur en l'entendant que mon père ne passe pas la journée.

Noémi se leva et vint s'asseoir à côté de lui.

— Je suis désolée. Comment va-t-il ?

Dans ses yeux, Max lut une sincère empathie. Il s'éclaircit la gorge.

— Beaucoup mieux. Et toujours aussi têtu.

— Pourquoi ne pas me l'avoir dit ? J'aurais compris que tu partes immédiatement.

— Je ne voulais pas que tu le saches. Je ne voulais pas

que quiconque le sache. Le dire à quelqu'un aurait rendu la situation réelle, et je n'étais pas prêt à y faire face. Mais je regrette la façon dont j'ai réagi. Je n'aurais pas dû briser ainsi notre… complicité. J'aurais aimé que nous puissions rester en contact.

Il la fixait du regard, se demandant si elle ressentait la même chose que lui.

— Ça aurait été bien, dit-elle doucement. Moi aussi, j'ai pensé à te contacter.

Max respirait plus facilement. Noémi baissait lentement sa garde. Il apercevait enfin de nouveau la femme étonnante qui avait attiré son attention depuis l'autre côté de la salle, à Milan. Il était heureux de ne pas avoir renoncé. Il savait que s'il continuait à essayer, il la retrouverait.

Il résista à l'envie de la toucher. Il ne voulait pas précipiter les choses. Il ne voulait pas lui faire peur.

— Je reste ici une semaine, avant de retourner en Ostanie. J'aimerais que nous passions du temps ensemble.

Il lui sembla que Noémi allait accepter et il commença à s'en réjouir intérieurement.

— Je ne pense pas que ce soit une bonne idée, annonça-t-elle, douchant ses espoirs. Surtout avec la presse qui surveille chacun de tes mouvements.

— Je me charge des paparazzis. Ils ne nous dérangeront pas.

— Comment vas-tu t'y prendre ?

— Fais-moi confiance. J'ai beaucoup d'expérience, je sais comment les éviter. Alors, c'est d'accord ?

Elle secoua la tête.

— Ce n'est pas seulement cela.

Max avait reconquis trop de terrain pour tout reperdre maintenant.

— Quoi, alors ? Dis-moi. Quoi que ce soit, je peux l'arranger, j'en suis sûr !

— Non, tu ne peux pas.

Elle se leva et marcha jusqu'aux baies vitrées. Max la suivit, comme attiré par son magnétisme. Il s'arrêta juste derrière elle. Une fois de plus, il résista à l'envie de la toucher.

— Noémi, je sais que nous ne nous connaissons pas depuis longtemps, mais j'aimerais que tu me considères comme un ami, quelqu'un sur qui tu peux t'appuyer.

Elle se tourna vers lui.

— Je te considère comme un ami.

— Alors dis-moi ce qui te tracasse. Cela ne peut sûrement pas être aussi grave que le laisse croire l'inquiétude sur ton visage.

— Non. C'est pire.

Elle baissa les yeux. Elle se mordillait machinalement la lèvre inférieure.

— Je suis enceinte, lança-t-elle soudain en relevant la tête.

Max eut l'impression que sa mâchoire se décrochait et tombait au sol. Il cligna deux fois des paupières. Il n'avait sûrement pas bien entendu.

— Tu es… *quoi* ?

— Enceinte. De ton bébé.

Il était sonné, un boxeur envoyé au tapis d'un crochet imparable. Il n'aurait jamais pensé qu'une femme lui dirait un jour ces mots. Et maintenant que cela arrivait, il ne pouvait pas croire que c'était vrai. Mais il voulait que ce soit vrai.

Déchiré par des émotions contradictoires, son corps se raidit. De la colère monta en lui. Qu'espérait Noémi avec une affirmation aussi farfelue et improbable ?

4.

Quelle idiote !

Hélas, maintenant qu'elle avait craché le morceau, Noémi ne pouvait pas le reprendre… Ce n'était pas ainsi qu'elle avait envisagé de parler à Max du bébé. Non : en fait, elle n'avait rien envisagé du tout. Elle n'avait pas trouvé comment lui annoncer cette nouvelle qui allait changer leurs vies. Mais ce n'était certainement pas une nouvelle qu'on laissait échapper sans préparer le terrain, comme elle l'avait fait. D'ailleurs, Max était pâle comme la mort.

— Non, fit-il en secouant la tête avec insistance. C'est un mensonge.

Elle refusa de baisser les yeux sous son regard accusateur. Elle avait imaginé beaucoup de réactions possibles de la part de Max, mais être traitée de menteuse n'avait jamais fait partie de ses hypothèses. Elle redressa les épaules et releva le menton.

— Je ne suis pas une menteuse. Je suis enceinte et tu es le père.

— Impossible ! tonna-t-il, catégorique.

Max commença à faire les cent pas dans la pièce.

— En fait, c'est tout à fait possible. Tu seras père dans environ six mois.

Il stoppa net et son regard incrédule croisa le sien.

— Es-tu allée voir un médecin ?

— Oui. Il a été affirmatif.

Elle constatait à son attitude de défiance qu'il était toujours dans le déni.

— Je ne rentre plus dans mes vêtements et j'ai des nausées matinales, si tu veux tout savoir.

— Alors c'est l'enfant de quelqu'un d'autre !

Noémi eut le plus grand mal à se contenir. Comment osait-il ? Pensait-il vraiment qu'elle couchait tellement à droite à gauche qu'elle était incapable de savoir qui était le père ? Elle réussit toutefois à garder son calme.

— Ce bébé est le tien. Tu peux prétendre le contraire autant que tu veux, ça ne changera pas les faits.

— Tu te trompes.

Elle croisa les bras et le regarda fixement.

— Tu es peut-être un prince et tout le tralala, mais cela ne te donne pas le droit de me parler ainsi ! Aucun de nous n'a voulu cette grossesse, mais maintenant nous devons tous les deux trouver comment affronter la situation.

Il s'approcha d'elle. Il avait le regard tourmenté.

— Tu ne m'écoutes pas. Je ne suis pas le père de ce bébé. C'est *impossible.*

Ce qu'il disait n'avait aucun sens. Elle ne s'était pas attendue à ce qu'il prenne bien la nouvelle, mais c'était pire que ce qu'elle avait imaginé. Il lui tournait le dos, à présent.

— Tu dois partir. Maintenant.

— Tu… Tu me chasses ? bredouilla-t-elle, hébétée.

— Oui.

Elle serra les poings. Elle avait les lèvres pincées. Elle luttait pour contrôler ses émotions. La colère coulait dans ses veines. Max pensait-il qu'il avait été facile pour elle de venir ici ? De lui faire cet aveu ? Elle rassembla rapidement ses affaires. Pensait-il vraiment qu'elle aurait inventé une telle fable ?

Elle se dirigea vers la porte le plus dignement possible. Elle s'arrêta sur le seuil et regarda en arrière. Max avait toujours le dos tourné. Il était raide, immobile. Noémi essaya de trouver une repartie cinglante, en vain. Et sa fierté l'empêchait d'implorer Max.

Alors, sans un mot, elle sortit.

Une fois dehors, des larmes de frustration et de colère lui brouillèrent les yeux. Elle cilla plusieurs fois. Elle refusait de pleurer à cause d'un homme aussi borné et mufle que Max.

Elle mentait.

C'était la seule explication possible.

Max avait renvoyé son personnel, même sa sécurité. Il avait besoin d'être seul. Il était assis seul dans le noir depuis deux bonnes heures. Les paroles de Noémi tournaient dans son crâne. Elles réveillaient ses peurs, son sentiment d'insécurité, des émotions négatives qu'il pensait avoir laissées derrière lui. Il s'était seulement bercé d'illusions en pensant qu'il avait fait la paix avec la perte de sa place d'héritier du trône. Il s'était trompé aussi en pensant qu'il avait digéré la certitude qu'il ne serait jamais capable de fonder une famille.

Bon sang ! Noémi n'aurait pas pu le blesser davantage, même si elle avait voulu le faire exprès.

Le sommeil le fuit cette nuit-là. Le lendemain après-midi, il avait pris une décision. Avant de changer d'avis, il se dirigea vers le chalet de Noémi. Par chance, le gardien à l'entrée de la résidence était le même que la veille. Il le reconnut et le laissa entrer.

Quand Noémi ouvrit la porte, il ne lui laissa pas la chance de parler la première.

— Es-tu prête à l'admettre ?

Elle fronça les sourcils.

— J'admets que je suis enceinte. Qu'est-ce que tu attends d'autre de moi ?

Il avait besoin de l'entendre dire qu'elle avait inventé toute l'histoire. Il chercha à lire la vérité dans ses yeux. Il était plutôt doué pour déchiffrer les gens. Or il ne voyait que l'honnêteté dans les prunelles de Noémi. Soit elle s'était persuadée de son mensonge, soit elle lui disait la vérité. Mais ce n'était pas possible, n'est-ce pas ?

Max se passa une main nerveuse dans les cheveux. Peut-être avait-il besoin d'aborder la question sous un angle différent.

— On peut parler ? soupira-t-il.

Pendant un long moment, Noémi resta immobile, silencieuse, comme si elle pesait le pour et le contre. Il ne pouvait pas s'en aller avant de lui avoir fait comprendre que ce qu'elle prétendait était absolument impossible.

— S'il te plaît, insista-t-il. Ça ne prendra pas longtemps et c'est important. Je suis resté debout toute la nuit à penser à ce que tu m'as dit.

Il commençait à croire qu'elle allait refuser de le laisser entrer quand soudain, elle ouvrit la porte et s'écarta. Max entra, ôta chaussures et manteau couverts de neige et suivit Noémi dans la pièce principale du chalet. Un grand arbre de Noël trônait près de la cheminée éteinte.

Noémi posa une fesse sur l'accoudoir du canapé.

— Je sais que c'est difficile à croire pour toi. Ça l'a été pour moi aussi.

— Ce n'est pas difficile, c'est impossible.

— Pourquoi continues-tu à dire cela ?

Il se frotta la joue. Sa barbe d'un jour ressemblait à du papier de verre sous sa paume. Il était venu ici pour régler cette histoire une fois pour toutes. Il ne pouvait pas s'arrêter maintenant.

— Viens t'asseoir, l'invita-t-elle en tapotant le coussin à côté d'elle.

Il obtempéra, laissa aller sa tête en arrière et ferma les yeux.

— Ce que je m'apprête à te dire, personne en dehors de ma famille et de quelques membres de la cour ne le sait. Puis-je te faire confiance ?

— Je ne dirai rien à personne.

— Très bien. Je suis le prince héritier d'Ostanie. C'est un tout petit pays, mais il est prospère. Depuis mon premier souffle, j'ai été préparé à monter sur le trône. Cependant, à l'âge de treize ans, on m'a diagnostiqué un lymphome de Hodgkin. C'est resté secret. Il a été décidé qu'il valait mieux que les citoyens d'Ostanie ne soient pas au courant de ma maladie.

— Cela a dû être tellement effrayant de traverser cette épreuve !

Le cancer avait été plus qu'effrayant, il avait changé la façon dont Max se voyait. Depuis qu'il était petit, il savait exactement qui il était, ce qu'on attendait de lui et ce que son avenir impliquait. Le cancer lui avait volé cette identité.

Une fois guéri, il avait couru le monde à la recherche de lui-même, d'une nouvelle identité. Il avait fait des choses folles – parachutisme, saut à l'élastique, plongeon depuis des falaises, etc. —, mais aussi mené des missions diplomatiques pour son pays. Malgré tout cela, il avait toujours eu l'impression que quelque chose manquait à sa vie.

— J'étais jeune. Au début, j'étais certain de pouvoir survivre à tout. Et cela m'a aidé que tout le monde autour de moi soit si positif. Mais plus le traitement devenait agressif, plus je perdais mon optimisme. À un moment donné, j'ai lâché prise. Je me suis dit que je ne vivrais pas assez longtemps pour voir mon prochain anniversaire.

Noémi tendit la main et la plaça dans la sienne.

— Je ne peux même pas imaginer combien tu as souffert…

— Je ne t'ai pas dit ça pour gagner ta sympathie. Je voulais que tu te rendes compte de l'intensité de mes traitements. Les médecins m'ont dit qu'il était fort probable que je ne puisse jamais avoir d'enfants.

— Ah, je comprends ta réaction, à présent ! Eh bien, sache que les médecins se sont trompés. Parce que je suis enceinte, et qu'il n'y a aucun doute que tu es le père.

Max aurait voulu la croire. Or il avait été suivi par les meilleurs spécialistes du monde. Ceux-ci n'auraient pas évoqué la quasi-certitude de sa stérilité à la légère. S'il était le père du bébé de Noémi, c'était vraiment un miracle. Et il ne croyait pas aux miracles.

— Je ne pense pas que cela puisse être vrai, dit-il. Les médecins…

— Stop ! Je te dis que c'est vrai !

Il fixa Noémi droit dans les yeux. Il voulait désespérément la croire. Mais il hésitait.

— J'ai besoin de temps.

— Je comprends.

— Nous en reparlerons.

Il se leva et sortit du chalet. Il avait besoin de marcher. Il avait besoin de réfléchir. Il avait besoin d'espace.

Les enjeux étaient tellement élevés…

Si Noémi disait la vérité, alors il redevenait l'héritier du trône d'Ostanie. Il ne s'était pas autorisé à l'envisager depuis des années. Enfin, il se sentirait à nouveau entier. Mais son existence allait changer. Radicalement.

5.

Après une nuit agitée, Noémi se leva en bâillant. Aussitôt, elle pensa à Max. Avant de quitter le chalet, il avait au moins accepté de considérer que le bébé était peut-être le sien. Elle savait qu'il lui faudrait du temps pour accepter la nouvelle, surtout après avoir été convaincu par des médecins qu'il ne pourrait jamais être père.

Ses nausées matinales passées, elle se doucha, puis s'habilla. Dans les nouveaux vêtements achetés grâce à Maria, elle se sentait beaucoup plus à l'aise.

Elle sursauta en entendant le carillon de la porte d'entrée. Même pas 8 heures du matin, qui cela pouvait-il bien être ? Pas Sebastian, qui avait sa propre clé. Peut-être Léo, qui serait arrivé plus tôt que prévu de New York pour passer les fêtes. Noémi sourit à cette hypothèse. Elle était impatiente de revoir son nouveau grand frère. Elle s'était immédiatement entendue avec Léo.

Elle se précipita vers la porte, qu'elle ouvrit. Max se tenait devant elle, ébouriffé, un peu débraillé, des ombres sous les yeux, avec une barbe de trois jours.

— Salut ! Euh… Je n'ai fait que penser à ce que tu m'as dit. Et j'aimerais parler un peu plus.

Noémi frissonna sous une rafale de vent frisquet.

— Entre.

Comme il ne bougeait pas, elle tendit la main, prit Max par la manche et le tira à l'intérieur. Puis elle referma la porte. Elle regarda machinalement par la fenêtre pour voir s'il avait été suivi par des paparazzis, puis songea que ceux-ci ne pouvaient pas pénétrer dans la résidence privée.

— Qu'est-ce que tu regardes ?

Quand elle se retourna, elle faillit heurter Max, qui se tenait tout près d'elle. Elle s'adossa contre la porte. Son cœur palpitait dangereusement.

— Je… Je vérifiais si tu avais été suivi. C'est idiot, seuls les résidents peuvent entrer. D'ailleurs, comment fais-tu pour venir jusqu'ici ?

— Le gardien me reconnaît. Et personne ne m'a suivi.

Elle hocha la tête et, profitant du fait qu'il retirait veste et chaussures, le contourna pour gagner le salon.

— Comment peux-tu en être aussi sûr ?

— L'un de mes gardes du corps a la même silhouette que moi. Après que les paparazzis m'ont repéré, il a quitté Mont-Cœur et s'est envolé pour l'Ostanie. Dans le même temps, mon personnel et moi avons changé de véhicule et de résidence.

Noémi sourit.

— Je vois… Tu es du genre prudent.

— Prudent, hein ? Je t'ai suivie sur la terrasse à Milan, et puis… Je ne pense pas que l'on puisse qualifier mon attitude, lors de cette soirée, de prudente.

— Nous ne discuterons pas de cette nuit-là.

— Ah bon ?

— Non.

Ils avaient des affaires beaucoup plus urgentes à régler, des affaires qui l'avaient apparemment tenu éveillé une grande partie de la nuit. Peut-être que le choc commençait à s'estomper et que la réalité s'imposait.

— Je suis désolé, je n'aurais pas dû te déranger si tôt.

— C'est bon. Je n'ai pas bien dormi la nuit dernière, je me suis levée tôt.

Max s'assit sur le canapé. Noémi alluma un feu dans la cheminée. Pour un homme qui voulait parler, il ne disait pas grand-chose.

Elle laissa une distance respectable entre eux lorsqu'elle

s'assit à son tour. Même débraillé, Max était d'une beauté dévastatrice. Et quand il la regardait avec cet air perdu, il la troublait profondément.

— Comment peux-tu être aussi calme ? demanda-t-il.

Elle haussa les épaules.

— J'ai eu le temps d'encaisser le choc.

— Si nous ne nous étions pas croisés par le plus grand des hasards, tu me l'aurais dit ?

— Je voulais le faire, mais je n'avais ni ton nom de famille ni ton numéro de portable. Je ne savais pas comment te joindre.

Il se frotta la nuque, la mine embarrassée.

— C'est ma faute.

— Mais tout s'est arrangé. Comme si le destin avait fait en sorte que nos chemins se croisent à nouveau.

Elle se tut brusquement. Son estomac faisait des loopings.

Mon Dieu, s'il vous plaît, pas devant Max !

Elle déglutit avec difficulté, sous le regard inquiet de Max.

— Qu'est-ce qui ne va pas ?

— Ce n'est rien, marmonna-t-elle, nauséeuse.

— Tu es toute pâle, déclara-t-il, sourcils froncés. C'est le bébé ?

Son estomac se retourna de nouveau. Elle se leva précipitamment.

— Je reviens.

Elle se rua à l'étage sans avoir le temps d'en dire plus.

Max faisait les cent pas dans le salon. Était-il *vraiment* en train de vivre cette scène ? Allait-il *vraiment* être père ? Et si oui, comment sa famille allait-elle le prendre ?

Depuis des années maintenant, Tobias apprenait à devenir le futur roi d'Ostanie. Comment se sentirait-il si Max retrouvait sa place de prince héritier ? Tobias serait-il déçu ? Reconnaissant d'être débarrassé de la pression et de pouvoir retrouver une vie « normale » ? Il n'en avait aucune idée. Depuis que les rôles avaient été inversés, ils s'étaient éloignés l'un de l'autre.

— Désolée, fit la voix de Noémi derrière lui, interrompant le cours de ses pensées.

Il se retourna. Elle était encore pâle, mais ses joues avaient néanmoins repris quelques couleurs.

— Tu te sens mieux ?

Elle hocha la tête.

— Ce sont juste des nausées matinales. Mon médecin affirme que c'est fréquent et qu'il n'y a pas lieu de s'inquiéter.

Max ne voyait pas comment le fait d'être malade pouvait ne pas être un souci.

— Où est la cuisine ?

Noémi fit un geste de la main en direction de l'arrière du chalet.

— Là. Pourquoi ?

— Assieds-toi, je reviens.

Il se dirigea vers la porte qui s'ouvrait à côté de la grande cheminée. La cuisine était spacieuse. Il commença à ouvrir les placards et tiroirs. Il finit par trouver ce qu'il cherchait : du thé à la menthe. Il remplit la bouilloire électrique et l'enclencha. Puis il se mit à la recherche de biscuits, avec succès. Il ouvrit la boîte et en disposa quelques-uns sur une petite assiette. Il versa l'eau bouillante dans la théière. Sur un plateau, il disposa sucre, tasses, petites cuillères, l'assiette de biscuits et la théière. Il le porta jusqu'au salon, où Noémi l'attendait. Elle l'accueillit avec une expression interrogative sur le visage.

— Tu as faim ? Tu aurais dû me demander !

— Ce n'est pas pour moi.

— Oh ! eh bien, merci. Mais je ne bois pas de thé, annonça-t-elle d'un air désolé.

— Je pense que tu aimeras celui-là. C'est bon pour ton estomac.

Max jeta un coup d'œil autour de lui. Le chalet était très spacieux, semblait fonctionnel et aménagé avec goût.

— C'est un grand endroit pour une seule personne.

— Il n'est pas à moi. Il appartient à mes parents ; je veux dire… à notre famille.

— Tes parents sont ici ? s'exclama-t-il.

Quel idiot ! Il venait ici lui parler à cœur ouvert de leur relation, d'un enfant qu'ils auraient ensemble, et il n'avait même pas pensé à lui demander s'ils étaient seuls !

— Il n'y a personne d'autre que moi, en ce moment, affirma-t-elle, visiblement mal à l'aise.

Max se demanda ce que les parents de Noémi pensaient de sa grossesse – si elle leur en avait parlé…

— Qu'est-ce qui te tracasse ? Tes parents ? Tu veux que je leur parle ?

— Tu ne peux pas, dit-elle en baissant les yeux. Ils… Euh… Ils sont morts.

Il se serait giflé ! Il avait bien sûr vu passer cette information, mais cela lui était sorti de l'esprit. Les yeux de Noémi brillaient de larmes. Il se rapprocha d'elle, enroula son bras autour de ses épaules et cala la tête sur celle de Noémi. Il posa la joue sur ses cheveux.

— Tu ne peux pas savoir à quel point je suis désolé.

Ils restèrent un long moment assis serrés l'un contre l'autre. Sa main lui caressait la tête. Quand il lui embrassa les cheveux, un délicieux parfum de shampoing le grisa.

Lorsque Noémi finit par s'écarter de lui, elle s'essuya les joues.

— Pardon. Je ne suis pas si émotive, d'habitude.

— Tu n'as pas à t'excuser. Ni à te justifier. C'est ma faute.

Il ferait ou dirait n'importe quoi pour qu'elle arrête de pleurer. Il n'était pas à l'aise avec les larmes, avec le chagrin des autres. Il ne savait jamais comment se comporter.

— Merci pour ton épaule.

— De rien.

Il espérait que la prochaine fois qu'elle se blottirait contre lui, ce serait dans des circonstances plus heureuses.

— Tu as des frères et sœurs ?

La question à peine posée, il se demanda s'il n'abordait pas de nouveau un sujet sensible.

— Un frère aîné. Non, en fait, deux frères aînés.

Max tiqua devant l'étrangeté de sa réponse. Mais il estima qu'il avait assez posé de questions personnelles à Noémi pour le reste de la journée. Dans un silence de plus en plus pesant, ils burent du thé et mangèrent des biscuits.

— Tu te sens mieux ? finit-il par demander.

— Oui, merci. On dirait que c'est efficace, le thé, ajouta-t-elle avec un pâle sourire.

— J'en buvais des litres pendant qu'on soignait mon cancer. Je ne sais pas si c'est cela qui m'a guéri, mais sait-on jamais ! essaya-t-il de plaisanter pour détendre l'atmosphère.

Noémi semblait avoir repris des forces.

— Je peux faire quelque chose pour toi ?

Elle secoua la tête.

— Je devrais peut-être y aller, maintenant, reprit-il. Je n'aurais vraiment pas dû te déranger si tôt.

— Ne t'inquiète pas. Je me doute que tu as beaucoup de questions.

— Je n'en ai qu'une.

Elle lui retourna un regard interrogateur.

— Tu as des projets pour demain ?

Il n'était pas venu la voir avec l'intention de l'inviter à sortir, mais faire quelque chose ensemble pourrait aplanir certaines tensions entre eux.

— Non, aucun projet.

— Et si on prévoyait quelque chose ensemble ?

— Tu es sûr ? Tu n'as pas une foule de trucs importants à faire ?

— Il n'y a rien de plus important que d'apprendre à mieux nous connaître, répliqua-t-il.

Il était sincère. En ce moment, il ne pouvait penser à rien d'autre qu'à Noémi et au bébé.

— Tu ne me dois rien, Max, tu sais ?

— Je sais. Mais il s'agit d'une envie, pas d'un devoir.

Noémi parut surprise, mais accepta sa proposition. Ils décidèrent qu'ils iraient faire une course de *snowtubing*.

Dévaler une piste assis sur de grosses chambres à air devrait être amusant et leur permettre, du moins Max l'espérait-il, de se rapprocher un peu. Mais pour l'instant, il avait besoin de travailler et surtout de dormir.

— Comment ça, elle est enceinte ? s'exclama Enzo à l'autre bout de la ligne.

Max venait d'annoncer la nouvelle à son secrétaire particulier, qui était aussi son confident – ils se connaissaient depuis leur plus tendre enfance. Il ne pouvait pas garder cet énorme, cette incroyable nouvelle pour lui-même. Il allait être père. Son monde était sur le point de changer.

— Mais tu ne peux pas avoir d'enfants ! Les médecins ont dit…

— Je sais ce qu'ils ont dit. Que la probabilité était très faible. Très, très faible. Mais pas nulle.

— Ne te fais pas d'illusions. Cette femme ne serait pas la première à mentir pour entrer dans la famille royale. N'oublie pas…

— Je n'ai pas oublié, interrompit-il de nouveau Enzo.

Il avait essayé d'oublier Abree, pourtant. Elle semblait être la femme idéale. Parfaite. Ils avaient été heureux pendant trois mois, puis Abree lui avait annoncé être enceinte. Or le test de paternité avait prouvé qu'il n'était pas le père. Les mensonges de la jeune intrigante avaient dévasté Max. Heureusement, sa famille n'avait jamais découvert l'ampleur de la trahison.

Depuis ce traumatisant épisode, Max ne s'était jamais engagé dans une relation sérieuse. Par choix. Pourtant, Noémi était différente. Il en était persuadé. Elle ne semblait pas se soucier de ce qu'il pensait ou de ce qu'il attendait. Elle faisait ce qu'elle voulait. Et jusqu'à présent, elle n'avait rien exigé de lui.

— Quel est le nom de cette femme ? demanda Enzo. Je vais faire des recherches sur elle.

Max savait ce que cela signifiait : fouiner dans la vie de

Noémi pour traquer le moindre détail sordide, le moindre faux pas qu'elle aurait pu faire, dans le but de prouver à Max qu'elle ne lui convenait pas. Parce qu'Enzo, comme ses propres parents, avait une image très précise de l'épouse qu'il fallait à un prince d'Ostanie.

— Je ne te dirai pas comment elle s'appelle.

— Mais…

— Laisse tomber, Enzo.

Max entendit son secrétaire soupirer.

— Bien, Votre Altesse.

Quand Enzo redevenait formel, c'était qu'il n'était pas d'accord avec lui. Mais Max ne s'en souciait guère. Il apprendrait par lui-même tout ce qu'il avait besoin de savoir sur Noémi. Pas de détective privé, pas de recherches dans les profondeurs d'Internet, seulement son instinct. Ce même instinct qui lui disait qu'il pouvait faire confiance à cette femme.

Pour soulager l'inquiétude d'Enzo, Max lui affirma qu'il allait s'occuper de la situation.

— Lui as-tu parlé d'un test de paternité ?

— Pas encore.

— Qu'est-ce que tu attends ?

Max ne répondit pas. La vérité, c'était qu'il ignorait pourquoi il hésitait. Il n'avait pas hésité avec Abree. Une petite voix intérieure lui avait soufflé qu'elle mentait peut-être. Il ne voulait pas être gagné par de tels soupçons avec Noémi ; et il ne voulait pas faire quoi que ce soit qui puisse gâcher leur fragile relation. Toutefois, Enzo avait raison. Les enjeux étaient immenses, pour lui comme pour sa famille. Et lui ne supporterait pas d'être à nouveau manipulé.

Il parlerait du test à Noémi le lendemain. Elle comprendrait sûrement, n'est-ce pas ?

6.

Le lendemain matin, Max alla comme prévu chercher Noémi chez elle. Sur le chemin, il décida qu'ils devaient parler avant leur séance de *snowtubing*. Les enjeux étaient importants, et il devait s'assurer que Noémi comprenait à quel point.

Quand Noémi lui ouvrit la porte, elle souriait. Mais son sourire s'évanouit aussitôt.

— Max, qu'est-ce qui ne va pas ? Si tu dois annuler nos plans, ce n'est pas grave. Je comprends.

— Ce n'est pas ça. Nous avons besoin de parler.

— Entre.

Ils s'assirent dans le salon.

— Nous devons parler du bébé et de l'avenir, déclara Max.

— Si tu es sur le point de me dire que tu ne veux rien avoir à faire avec le bébé, je peux l'entendre.

— Non ! s'écria-t-il. Non, ce n'est pas ce que j'allais dire.

— Tant mieux. Y avait-il autre chose dont tu voulais discuter ?

Il s'éclaircit la gorge.

— Les lois de mon pays nous imposent d'apporter la preuve de la légitimité du bébé.

— De quoi parles-tu ? demanda-t-elle, le front plissé.

Cette réaction étonna Max. Il n'avait pas imaginé un seul instant que Noémi puisse ne pas désirer que son enfant fasse partie de la famille royale.

— Nous devons faire un test de paternité dès que possible.

— Oui, j'avais compris. Mais pourquoi ?

— Pour que nous puissions devenir une famille et que le bébé devienne l'héritier légitime du trône d'Ostanie.

Noémi secoua la tête.

— Non.

— Comment ça, « non » ?

Il se leva. Pourquoi Noémi était-elle aussi peu raisonnable ? Son enfant avait le devoir d'assumer son royal destin ! Elle se leva à son tour, redressa les épaules et leva le menton jusqu'à ce que leurs regards se croisent.

— Je sais qu'en tant que prince, tu n'es pas habitué à entendre le mot « non » ; pourtant, je te le répète : non.

Son cœur sombra. Max ne savait pas si c'était à l'idée qu'il ne deviendrait pas père, ou parce qu'une fois de plus, une femme lui avait menti. Et pas n'importe quel petit mensonge, un mensonge qui terrassait tout son être.

Il lui fallut un moment pour rassembler ses forces et être capable de parler de nouveau :

— Es-tu en train de me dire que tu as menti sur l'identité du père de ton enfant ?

— Quoi ? s'exclama Noémi, visiblement outrée. C'est ce que tu espères ?

— Non. Mais si tu refuses le test de paternité, il doit y avoir une raison. Et la seule qui me vient à l'esprit, c'est que tu m'as menti.

— Peut-être as-tu mal interprété ma réponse.

Max soupira et se frotta la nuque. Il ignorait que parler avec une femme pouvait être aussi compliqué. Depuis Abree, il n'avait fait que flirter ; il n'avait jamais laissé aucune de ses relations devenir sérieuse. Son avenir n'avait jamais été en jeu.

— Cela signifie-t-il que tu acceptes de passer le test ? C'est la seule façon de devenir une famille et…

— Cela signifie que quoi que révèle le test, nous ne nous marierons pas. Je ne deviendrai pas une princesse.

— Si je résume, tu acceptes le test, mais tu ne veux pas te marier avec moi.

— Exactement !

— Et qu'as-tu prévu pour l'enfant ? Parce que si c'est le mien, sache que je ne lui tournerai pas le dos.

— Je… Je ne sais pas comment les choses vont se passer. Je n'ai pas eu beaucoup de temps pour y réfléchir.

— Mais tu es certaine de ne pas vouloir faire partie de la famille royale.

— J'ai déjà une famille compliquée, je n'en ai pas besoin d'une autre. Si je me marie, ce sera par amour. Or tu ne m'aimes pas.

Max ne pouvait pas lui mentir. Ils avaient passé de merveilleux moments ensemble, mais il n'était pas prêt à risquer son cœur. Il avait été élevé pour faire ce que l'on attendait de lui, ce qui incluait de faire passer les besoins de la famille royale avant les siens. Dès son plus jeune âge, on lui avait inculqué que le mariage était un contrat commercial qui n'avait rien à voir avec des fantasmes romantiques.

L'expérience lui avait montré que beaucoup de gens s'accrochaient à leurs rêves d'amour et de bonheur. Pourquoi, alors que cela brisait tant de cœurs ? L'amour n'existait pas vraiment, au contraire du respect ou de l'amitié.

Son regard se posa sur Noémi. La lueur de détermination qui brillait dans ses yeux lui apprenait qu'il serait inutile de discuter avec elle. Il devait lui montrer qu'ils pouvaient avoir une belle vie ensemble même s'ils ne s'aimaient pas.

— Pourquoi ne pas se donner un peu plus de temps pour réfléchir à notre situation et trouver la solution la plus sensée pour l'enfant ?

— Bonne idée. En attendant, passe le reste de la semaine avec moi.

La surprise se dessina sur son beau visage. Elle semblait vraiment interloquée par sa proposition.

— Je… Je ne sais pas, bredouilla-t-elle.

— Nous ignorons ce que l'avenir nous réserve, alors profitons de la relative intimité que nous avons à Mont-Cœur pour mieux nous connaître. Parce que, au minimum, je vais être le père de ton enfant.

Noémi le fixa en silence, comme si elle pesait ses mots. Puis elle hocha la tête.

— Tu as raison. Nous devrions mieux nous connaître, puisque nous serons liés pour la vie. Mais j'ai une condition.

— Et ce serait ?

— Que tu ne me mettes pas la pression pour le bébé et le mariage.

Max leva la main comme s'il allait prêter serment au trône.

— Je le jure.

Épouser un prince…

N'était-ce pas le rêve de toutes les petites filles ?

Noémi avait envie de parler à sa mère. Que lui dirait celle-ci ? De ne pas transiger sur l'amour ? Ou d'être pratique et de donner au bébé une mère et un père vivant sous le même toit, même s'ils ne s'aimaient pas ? Elle était déchirée. Les deux options avaient leurs avantages et leurs inconvénients. Mais qu'est-ce qui était le mieux pour tous les trois ?

Au moins, Max l'avait écoutée et leur donnait le temps de comprendre ce qui se passait. Il n'avait pas idée du cadeau qu'il lui avait fait en prenant son point de vue en compte.

Ils marchaient vers le remonte-pente qui menait en haut de la piste de *snowtubing*. Max avait gagné la première manche mais elle avait remporté la seconde. Ils avaient ri ensemble, complices. Elle profitait du soleil sur son visage, de l'air froid qui remplissait ses poumons.

Elle s'était attaché les cheveux en queue-de-cheval et les avait recouverts d'un bonnet blanc. Elle portait également de larges lunettes de soleil. Depuis qu'ils étaient sortis du chalet familial et avaient commencé à marcher dans la neige, elle se sentait comme une enfant. Pas de responsabilités, pas d'histoires de famille. Max l'avait aidée en ne prononçant plus le mot « mariage ». Il était léger, décontracté, et elle ne se souvenait pas d'une journée où elle avait autant souri.

— Tu vas bientôt te raser ou tu as abandonné cette idée ? lui demanda-t-elle en détaillant son profil altier.

Il passa une main sur sa barbe qui s'épaississait.

— Tu n'aimes pas mon nouveau look ? Ça fait partie de mon déguisement pour passer inaperçu.

— Je ne sais pas encore…

Les choses allaient si bien entre eux qu'elle eut une idée. Elle ne savait pas ce que Max en penserait, mais c'était quelque chose qu'elle voulait partager avec lui.

— J'ai rendez-vous chez le médecin la semaine prochaine. Je me demandais si tu voudrais venir avec moi…

Il ouvrit de grands yeux.

— Pour le bébé ? Quelque chose ne va pas ?

— C'est une visite de routine. Ils vont faire une échographie et nous pourrons entendre les battements du cœur du bébé.

— Déjà ? s'exclama-t-il, l'air ému. Oui, j'aimerais beaucoup être là. Merci de me l'avoir proposé.

Noémi songea qu'elle était tout simplement heureuse. Ce sentiment n'allait pas durer, mais une voix dans sa tête lui ordonna d'en profiter. Quand ce serait terminé, elle aurait au moins de beaux souvenirs. Car Max – ou plutôt : le prince héritier Maximilien Steiner-Wolf – la faisait vibrer chaque fois qu'il lui souriait. Non seulement ils s'amusaient ensemble, mais il avait été là pour la réconforter pendant ses nausées matinales et se révélait avec elle d'une gentillesse troublante. Plus qu'un prince, un homme exceptionnel.

— Allez, la manche décisive ! lança Noémi en s'approchant de la caisse.

— Tu n'as pas faim ?

— Ne te défile pas, Max !

Elle lui prit la main sans réfléchir et l'entraîna vers

la file d'attente. Seigneur... Était-il possible de sentir la chaleur d'un corps à travers des gants ou fantasmait-elle complètement ? Elle ferait mieux de lui lâcher la main, les sensations étaient trop perturbantes... Mais il était tellement agréable de vivre le moment présent et de ne pas penser à ce que l'avenir leur apporterait ! Elle resserra son emprise sur ses doigts.

— Je peux sentir l'odeur de la neige ! dit-elle en fermant les yeux.

— Non, Noémi, tu ne peux pas sentir la neige. La neige n'a pas d'odeur.

Elle inhala profondément et rouvrit les paupières.

— Ça sent le frais et le croustillant.

Il sourit et secoua la tête.

— Si tu le dis... Ça ne sent pas aussi un peu l'eau minérale ?

Elle éclata de rire. Lorsque leurs regards se rivèrent l'un à l'autre, son cœur manqua un battement. Le préposé au remonte-pente les appela. Avec réticence, Noémi lâcha la main de Max et grimpa la première. Elle ne savait pas pourquoi ce lien signifiait tant pour elle. Ce n'était pas comme s'ils étaient amoureux... Ils étaient amis. Rien de plus. Enfin, pas tout à fait. Ils allaient devenir parents d'un innocent petit bébé. Pour lui, ils devaient continuer à s'entendre. Noémi ne voulait pas que son enfant grandisse dans un environnement stressant, avec des parents qui se disputaient sans cesse.

Une fois qu'il l'eut rejointe au sommet de la petite colline, ils s'installèrent sur leurs chambres à air géantes.

— Le premier arrivé en bas choisit ce que nous faisons cet après-midi, lança-t-elle à Max.

— Tu penses vraiment que tu vas me battre ?

— Je *sais* que je vais te battre !

Elle s'élança. Tandis qu'elle dévalait la piste, rebondissant sur les bosses, Noémi riait. Pour la première fois depuis qu'elle avait appris qu'elle était enceinte, elle avait le sentiment que tout allait s'arranger. Il lui fallait seulement faire attention à ne pas trop s'attacher à Max. Mais plus elle s'efforçait de résister, plus elle tombait sous le charme de ce prince si sexy.

7.

— Tu as triché !

Max se moquait d'avoir perdu la course contre Noémi, mais il aimait la taquiner et la voir sourire. Elle avait le plus beau sourire du monde, qui illuminait ses yeux bruns.

— Pas du tout ! Je n'y peux rien si tu es lent.

Il n'avait pas été lent à transformer son attirance pour elle en rencontre lors de la fête à Milan, trois mois auparavant. L'élan de désir qui le traversait à chaque fois qu'elle était proche de lui n'avait rien de lent non plus. Pas plus que son envie de s'occuper d'elle et de leur enfant à naître.

Ils avaient déjeuné dans un restaurant élégant, à l'abri des regards. Maintenant que leur repas était terminé, il était temps de passer à la suite du programme.

— Alors, qu'as-tu décidé pour notre après-midi ? S'il te plaît, dis-moi que ce n'est pas du ski !

— Eh bien, maintenant que tu en parles, voilà qui me semble parfait ! répliqua-t-elle, malicieuse.

— Noémi, tu devras vraiment faire attention.

Elle éclata de rire.

— Je n'aurais jamais deviné que tu étais un angoissé !

— Prudent, pas angoissé.

— Ne t'inquiète pas : je ne remonterai pas sur des skis avant la naissance du bébé.

— Merci. Alors, qu'as-tu en tête pour cet après-midi ?

— Je me demandais si tu voudrais faire du shopping avec moi.

— Faire du shopping ?

Max soupira. Il détestait le shopping. Un rendez-vous chez le dentiste lui aurait paru plus attrayant. Noémi fronça les sourcils.

— Je vois que l'idée t'enchante, ironisa-t-elle.

Il se dit qu'à l'avenir, il devrait éviter que ses pensées se reflètent sur son visage. Il s'efforça de sourire. Il savait être bon perdant.

— Tout à fait ! Qu'est-ce qu'on achète ?

— J'ai pensé qu'on pourrait regarder des trucs de bébé.

Des *trucs de bébé* ? Qu'est-ce que cela pouvait bien être ? Mais le regard plein d'espoir que Noémi posait sur lui était irrésistible. Il ne pouvait pas refuser.

— Alors, qu'est-ce que tu en penses ?

— Je pense qu'on devrait y aller. Je vais appeler mon chauffeur.

La boutique était petite mais charmante. Des peluches, des vêtements trop mignons, des petits jouets en bois, le tout agencé avec goût au milieu d'une décoration aux tons pastel.

Quand une vendeuse s'approcha d'eux, ils lui annoncèrent qu'ils ne faisaient que regarder. Elle leur sourit et retourna derrière sa caisse.

— Ce sera vraiment difficile de ne pas acheter quelque chose. Tout est si craquant, tu ne trouves pas ?

Max haussa les épaules. Elle devinait qu'il était tourneboulé par ce que leur présence dans cette boutique disait de leur avenir. Dans moins de six mois, ils allaient avoir un petit bébé dans les bras. Il aurait besoin d'eux. L'énormité de cette responsabilité l'effraya soudain. Elle n'avait jamais été responsable que d'elle-même. Et si elle n'y arrivait pas ?

Lorsqu'elle avait appris qu'elle était enceinte, elle avait envisagé l'adoption, puis rapidement écarté cette idée. C'était ce que ses parents avaient été obligés de faire avec

Léo, et ils l'avaient regretté toute leur vie. Elle ne voulait pas être séparée de son enfant. Elle l'aimait déjà.

En regardant une charmante petite robe rose, jaune et blanche, elle sentit des regards posés sur elle. Lorsqu'elle leva la tête, elle remarqua qu'une jeune femme avait rejoint la vendeuse plus âgée à la caisse. Elle les regardait fixement. Noémi remit ses lunettes de soleil et tira sa casquette vers le bas pour qu'elle lui couvre un peu plus le visage.

— Peut-être que venir ici n'était pas une si bonne idée, chuchota Noémi à Max, qui avait suivi son regard et pris la mesure de la situation.

— Mes gardes du corps et la voiture sont près de la porte. Il ne se passera rien.

— On devrait peut-être y aller.

— Continuons, tout va bien.

Il avait peut-être raison. Après tout, il savait bien mieux qu'elle vivre avec la célébrité. Une fois descendue des podiums et démaquillée, on ne reconnaissait en général pas l'égérie de Cattaneo Jewels. Fut un temps où cela la dérangeait. Fut un temps où elle avait soif de gloire et rêvait d'une grande carrière de mannequin. Elle recherchait une attention qu'on ne lui accordait pas dans sa famille. En ce qui concernait le développement de Cattaneo Jewels, personne ne tenait compte de ses idées et elle se sentait dépréciée.

Or, ces derniers mois, elle avait appris qu'elle était enceinte, ses parents étaient morts et Léo était entré dans sa vie. Depuis, être reconnue dans la rue, signer des autographes avait perdu de son attrait. Elle avait appris qu'il y avait des choses bien plus importantes dans la vie.

À côté d'elle, Max enfila une minuscule paire de chaussons au bout de son index et de son majeur.

— Tu crois que le bébé aura des pieds assez petits pour rentrer là-dedans ? demanda-t-il d'un ton perplexe.

— Je l'espère. Sinon, je vais avoir un vrai problème, le jour de l'accouchement, plaisanta-t-elle.

— Tu seras une mère fantastique.

Il avait dit cela avec sérieux. Elle leva le visage pour le regarder dans les yeux.

— Tu le penses vraiment ?

— Bien sûr !

Il n'y avait aucune hésitation dans sa voix et son regard était resté rivé au sien.

— Au moins, l'un de nous deux est confiant…

Le regard de Max s'abaissa jusqu'à ses lèvres et s'y attarda. Une onde de chaleur envahit Noémi. Elle avait sa source au cœur de sa féminité et irradiait tout son corps, jusqu'à ses joues qui rougirent aussitôt. Max envisageait-il de l'embrasser… ? Et même s'ils avaient déjà passé la nuit ensemble, tout avait changé depuis. Son désir pour elle était-il réel ? Éphémère ? Elle l'ignorait. Et elle ignorait ce qu'elle voulait qu'il soit.

Elle recula.

— Oh ! regarde ! Ne sont-ils pas adorables ?

Elle se précipita vers une étagère pleine d'animaux en peluche. Il y avait des canards jaunes, des grenouilles vertes, des hippopotames roses, des singes bruns, des chenilles à pois et tout un assortiment d'autres créatures.

— Pourquoi ne pas en choisir un ?

— Je ne pourrais pas en choisir un seul. Ils sont tous si mignons !

— Alors je les achèterai tous.

Elle se tourna vers lui, espérant qu'il plaisantait. Il semblait du plus grand sérieux…

— Max, tu ne peux pas faire ça !

— Bien sûr que si. Tu les aimes tous. Ton sourire a illuminé toute la pièce. J'aime quand tu souris comme ça. J'achèterai ces peluches pour que tu gardes le sourire.

— Qu'est-ce que j'en ferais ? Si je les mettais dans la chambre du bébé, il n'y aurait plus de place pour le berceau ou la table à langer.

— Je n'avais pas pensé à ça. Peut-être que le bébé aura deux chambres : une pour les objets pratiques et une pour les jouets !

Le sourire de Noémi s'élargit.

— Quelque chose me dit que tu le ferais vraiment…

— Bien sûr !

— Et si pour l'instant on choisissait juste un animal en peluche pour le bébé ? Un chiot ? Un chaton ? Une tortue ?

— C'est à toi de choisir. C'est toi qui es tombée amoureuse de ces peluches.

Noémi hocha la tête pour lui signifier qu'elle était prête à relever le défi. Elle était très excitée à l'idée de choisir la première peluche de leur bébé. Ce serait un souvenir. Peut-être même que leur enfant l'aurait encore en grandissant et le garderait toute sa vie. Elle songea qu'elle n'avait jamais été aussi sentimentale. Les hormones ?

Après de longues minutes, elle avait réduit son choix à un ours, un lion et un éléphant. Si choisir une peluche était aussi difficile, qu'est-ce que ce serait quand elle devrait prendre des décisions importantes concernant son enfant ? Ses parents décédés, elle n'aurait personne vers qui se tourner avec ses questions et ses doutes. Elle regarda Max, qui s'efforçait de ne pas montrer qu'il s'ennuyait. Quelque chose lui disait qu'il serait toujours disponible pour leur enfant. Et aussitôt, le choix devint évident.

— Tiens, dit-elle à Max en lui tendant la peluche.

— Un lion violet ? Choix audacieux !

— Je veux que la première peluche de notre enfant soit spéciale. Le lion lui rappellera son père. Le roi de la jungle, le prince d'Ostanie. Et puis le lion est fort, loyal et protège ceux qui lui sont chers.

— Et c'est ainsi que tu me vois ?

— C'est ainsi que je te vois en tant que père. Ou plutôt futur père.

Max étudiait le lion comme s'il réfléchissait à ses paroles.

— On y va ? lui proposa-t-elle.

Il la regarda d'un air perplexe. Ses paroles l'avaient-elles affecté si profondément ? Lorsqu'elle tendit la main vers le lion en peluche, Max sembla sortir de sa rêverie.

— En route !

Noémi le suivit dans les allées étroites jusqu'à la caisse. À peine l'avaient-ils atteinte que Max tourna le dos à la vitrine du magasin et tira une Noémi abasourdie contre son torse. Elle comprit alors que les éclairs qu'elle venait de percevoir étaient des flashs d'appareils photo.

— Des badauds, et sûrement des paparazzis, grommela Max.

Seigneur… Ils étaient dans une boutique pour bébés ! Avec le prince héritier d'Ostanie. Et bientôt, le monde entier serait au courant…

— Je suis désolé, dit Max avec douceur, avant de demander par-dessus son épaule à la vendeuse : Y a-t-il une sortie par-derrière ?

— Oui, il y a une porte au fond de la boutique.

Max prit la main de Noémi et l'entraîna vers l'arrière du magasin. Un de ses gardes du corps, qui devait avoir empêché les curieux d'entrer, les avait rejoints et indiquait par micro leur position à son collègue.

Quelques secondes plus tard, un coup de klaxon leur indiqua que le 4x4 était là. Le gorille ouvrit la porte de sortie et tous trois s'engouffrèrent dans le véhicule noir aux vitres teintées, juste au moment où les premiers photographes arrivaient au coin de la rue.

Ce ne fut que lorsque le 4x4 commença à s'éloigner que Noémi commença à se détendre. Elle appuya la tête en arrière contre le siège en cuir. Que venait-il de se passer… ?

8.

Tôt le lendemain matin, Max reçut un SMS de Noémi. Elle lui annonçait annuler leur projet d'aller faire de la motoneige. Elle ne le précisait pas, mais c'était à cause des paparazzis, bien sûr. Une nouvelle fois, ils mettaient le bazar dans sa vie. Avant, cela n'avait pas beaucoup d'importance ; aujourd'hui, cela compromettait son avenir.

Comme il était déjà prêt, il se rendit aussitôt à son chalet, sans rappeler ni sa mère ni Enzo, qui avaient essayé plusieurs fois de le joindre. Apparemment, ils étaient déjà informés des gros titres sur les sites de la presse people, mais il avait besoin de temps pour élaborer un plan avant de s'entretenir avec l'un ou l'autre.

Lorsqu'elle lui ouvrit, Noémi portait encore son pantalon de pyjama et un joli peignoir en soie rose. Ses cheveux étaient tirés en queue-de-cheval. Son visage était pâle.

— Je suis désolé, s'excusa une nouvelle fois Max. C'est ma faute. Je n'ai pas été assez prudent. Je pensais vraiment qu'ils s'étaient désintéressés de moi.

— Je vais bien.

Max n'en croyait pas un mot, mais il ne le dit pas. De toute façon, après ce qu'il avait à lui montrer, elle ne pourrait plus faire semblant… Il sortit son téléphone, tapota l'écran et le tendit à la belle Italienne.

— Qu'est-ce que c'est ?

L'inquiétude voila ses traits parfaits. Max détestait être le porteur de mauvaises nouvelles. Il connaissait presque par cœur à présent l'article titré : « Quand le prince devient papa ! » Sous le titre se trouvait une photo de lui dans la boutique pour bébés. Noémi avait la tête à demi tournée et cachée par son épaule. Comme de plus elle portait son bonnet et ses lunettes de soleil, les probabilités pour qu'on la reconnaisse étaient quasiment nulles. Mais bien sûr, le journaliste se demandait qui était la maman du bébé.

Si Max n'avait pas été surpris de faire l'objet d'un article comme celui-là – et d'autres avaient commencé à fleurir sur le web —, il l'avait été en revanche en constatant que l'identité de Noémi était encore un mystère. Et il ne voulait pas que cela change.

Elle était livide à présent. L'article résumait également sa vie et évoquait son accession au trône. Au fil des ans, les journalistes people avaient écrit de nombreuses histoires fausses à son sujet, de sa fugue à son renoncement à la couronne, en passant par son enrôlement dans un groupe de rock. Mais sur cette histoire-ci, sa famille ne pouvait pas fermer les yeux. Elle allait changer tellement de choses pour tout le monde ! Il devait donc retourner en Ostanie immédiatement.

Or il ne voulait pas le faire sans Noémi. Accepterait-elle de venir avec lui ?

Elle lui rendit son téléphone. Puis, sans un mot, elle sortit de la pièce. Il n'avait pas besoin de demander : il savait que les nausées matinales étaient revenues.

Son corps était tendu, la frustration l'envahissait. Il devait faire mieux à l'avenir. C'était son travail de protéger sa famille et de veiller à leur bien-être. S'il ne pouvait pas s'occuper de la mère de son enfant, comment allait-il pouvoir s'occuper de toute une nation ?

Il décida alors que, quoi qu'il en coûte, quoi qu'elle en pense, Noémi retournerait en Ostanie avec lui. De cette façon, il pourrait veiller sur elle. Là-bas, ils pourraient faire des projets pour l'avenir, *leur* avenir. Parce qu'il avait la ferme intention d'épouser Noémi.

Cela ne pouvait pas être vrai…

Le cœur de Noémi battait la chamade. Depuis l'incident à la boutique, elle avait compris que son fantasme de vivre une vie ordinaire avec Max n'était qu'un rêve. Ils n'étaient pas ordinaires. Elle était l'héritière d'une prestigieuse marque de joaillerie et il était le prince héritier d'un royaume européen. Cela signifiait qu'aucun d'eux n'aurait de vie privée, ni maintenant ni jamais.

En ce moment, elle avait besoin que son estomac se calme. Elle s'assit sur le carrelage froid de la salle de bains et appuya sa tête migraineuse contre le mur.

On frappa un coup à la porte.

— Noémi, ça va ?

Depuis combien de temps avait-elle quitté le salon ? Elle ne devait pas être très présentable, mais elle savait que Max ne partirait pas tant qu'il ne serait pas certain qu'elle allait bien.

— Tu peux entrer.

La porte s'ouvrit lentement. Max se tenait devant elle, sourcils froncés, l'air inquiet.

— Tu n'as pas l'air bien.

— Tu sais parler aux femmes !

— Je suis désolé. Je voulais juste dire que…

— Je sais ce que tu voulais dire. Je te taquine.

Il prit un gant de toilette, le mouilla à l'eau froide et le lui posa sur le front. C'était réconfortant, tout comme le fait d'avoir Max à ses côtés. Noémi ne le lui avoua pas. Il n'était pas bon d'encourager cette relation, à moins d'être prête à partager sa vie avec le monde entier – l'incident de la veille l'avait prouvé. Et elle ne voulait pas que son bébé fasse les gros titres des magazines.

Elle retira le tissu de son front et se releva.

— Je me sens mieux, merci.

— Lire ce genre d'articles n'est jamais très agréable. Alors ça plus les nausées…

— Au moins, ils ne savent pas qui je suis.

— Pas encore, non.

— Tu veux dire qu'ils n'abandonneront pas tant qu'ils n'auront pas découvert mon identité ?

— Ils peuvent être comme des chiens après un os. Implacables.

— Comment peux-tu vivre comme ça ?

Noémi avait connu quelques désagréments avec les paparazzis, mais sa notoriété était minuscule comparée à celle de Max.

— J'ai toujours vécu avec. Cela va de pair avec mon statut, la famille dans laquelle je suis né. Les médias peuvent aussi être des partenaires positifs dans la gestion d'un pays comme l'Ostanie. En ce moment, pour moi, c'est une malédiction. Je suis désolé que tu te retrouves impliquée.

— Je veux laisser tomber.

Elle avait réfléchi à cette solution une grande partie de la nuit. Avant que les mots sortent de sa bouche, elle n'avait pas réalisé qu'elle avait pris sa décision.

Max ne disait rien. C'était comme s'il n'était pas sûr d'avoir compris. Mais peu à peu, il s'assombrit et ses prunelles devinrent noires comme un ciel d'orage.

— Tu veux laisser tomber quoi ? Notre bébé ?

— Non ! s'écria-t-elle, offusquée. Comment peux-tu imaginer une chose pareille ? Je veux sortir de… de *nous*. Je veux que tu t'en ailles. Il n'y a rien qui te lie à ce bébé. Aucune trace écrite. Je n'ai rien dit à personne.

— Tu oublies un détail : je suis le père du bébé, lança-t-il d'un ton froid.

Elle se détourna de lui et pressa les mains contre le granit froid du lavabo.

— Si tu ne le dis à personne, personne ne le saura. Nous pouvons chacun repartir de notre côté et suivre notre propre chemin.

Dans le miroir, Noémi constata que sa suggestion n'avait pas l'heur de le dérider, bien au contraire. Ce n'était pas non plus la façon dont elle voulait que les choses s'agencent pour elle ou son enfant, mais il fallait être réaliste. Elle ne voulait pas d'une vie sous les projecteurs, sous les objectifs des photographes, avec des paparazzis cachés dans les buissons.

— Je te laisse finir ce que tu as à faire ici, déclara Max d'une voix glaciale.

Elle savait qu'il n'était pas aussi calme et détaché qu'il en avait l'air, qu'il masquait ses émotions. Toutefois, quand il referma la porte derrière lui, elle ne put s'empêcher, une main posée sur son ventre, de murmurer à son bébé :

— Eh bien, bout de chou, on dirait que cette fois, j'ai vraiment tout gâché…

9.

Elle veut laisser tomber…

Max n'était pas bête : il avait compris que ce que Noémi voulait vraiment, c'était s'éloigner de lui, ou plutôt de tout ce qui était inséparable de l'état de prince héritier. Elle ne semblait pas comprendre que c'était impossible. Ce petit bébé en elle était l'héritier du royaume d'Ostanie, sans compter que Max ne voulait pas se soustraire à ses responsabilités envers le bébé et envers Noémi.

Ils étaient liés, qu'ils le veuillent ou non.

Il fit du thé dans la cuisine, y prit une boîte de biscuits puis regagna le salon. Il devait retourner en Ostanie et il était toujours déterminé à emmener Noémi. Comment la convaincre que c'était la meilleure solution ?

Elle fut à l'évidence surprise de le trouver dans le salon ; elle avait dû imaginer qu'il s'enfuirait – pas son genre d'abandonner au premier obstacle !

— Tu pensais vraiment que j'allais partir sans mettre les choses au clair entre nous ? demanda-t-il doucement.

— Ce n'est pas ce que nous avons fait ? demanda-t-elle, avant de prendre une gorgée de thé. C'est mieux pour tout le monde si nous nous séparons maintenant.

— Est-ce le fond de ta pensée ?

Elle baissa le regard.

— Oui.

Max secoua la tête. Il ne la croyait pas. Pourquoi était-elle si têtue ? Elle avait sans doute peur. Les paparazzis pouvaient être intimidants ; sa position de prince héritier aussi.

Pourtant, il devait la convaincre. Il fallait qu'elle cesse de croire qu'elle pourrait l'effacer de sa vie. Car cela n'allait pas arriver. Il ne la laisserait pas faire.

— Noémi, je ne vais nulle part sans toi. Nous sommes dans cette situation *ensemble*.

— Je me débrouillerai très bien toute seule.

— Mais notre bébé se débrouillera-t-il très bien sans père ?

— Beaucoup d'enfants sont élevés par un parent isolé.

— La plupart n'ont pas le choix. Toi, si. Notre enfant peut avoir deux parents investis dans son éducation, son bien-être.

— À quel prix ? s'écria-t-elle en acceptant enfin de croiser son regard. Ma grossesse va devenir un scandale qui fera la une des magazines. Elle sera commentée, observée, disséquée à la télévision et sur Internet. Les médias titreront sur « l'enfant de l'amour » ou « l'héritier illégitime ». Ou pire encore !

Max prit une grande inspiration avant d'abattre son argument massue, non sans inquiétude – n'allait-il pas trop loin ?

— Tu penses que c'est une chance d'avoir perdu tes parents ? demanda-t-il d'une voix douce.

La douleur se refléta aussitôt dans ses yeux.

— Ce n'est pas la même chose.

— Ne penses-tu pas que notre enfant se demandera pourquoi ses amis ont tous une mère et un père, et pas lui ? Ne penses-tu pas que cela le blessera ? Ne penses-tu pas qu'il va grandir avec des interrogations ?

Le silence emplit la pièce, s'étira. Max se dit qu'il avait peut-être été trop dur. Néanmoins, il ne pouvait pas laisser Noémi se bercer d'illusions : le rejeter ne serait bon pour personne, surtout pas pour leur enfant.

— Très bien, dit-elle, le message est reçu. Mais je ne vois pas comment ça peut se passer.

Max se redressa. Il était temps d'en arriver à la raison de sa visite.

— Je dois partir aujourd'hui pour l'Ostanie.

— À cause de l'article sur Internet ?

— En partie.

Il avait également besoin de discuter avec sa famille.

— Alors il n'y a pas d'urgence à prendre des décisions.

— Je veux que tu viennes avec moi.

— En Ostanie ? s'écria-t-elle.

— Ce sera mieux que de rester assis ici pendant que des paparazzis recherchent la mystérieuse femme de la photo.

Noémi semblait songeuse. Il commençait à prendre son silence pour un signe positif quand son téléphone tinta. Elle fronça les sourcils en lisant le SMS. Elle répondit. Une fois qu'elle eut reposé son téléphone, elle jeta un coup d'œil à Max. Un soupçon d'inquiétude se décelait encore sur son visage.

— Est-ce que tout va bien ?

— C'était Léo, mon frère. Il est rentré à New York.

— Donc tu es seule à Mont-Cœur ?

— Jusqu'à Noël.

— Alors il n'y a aucune raison pour que tu restes seule ici, conclut Max, avant de reprendre, déterminé à la convaincre : tu pourras faire autant de tourisme que tu le souhaites. Tu verras, c'est un pays magnifique. Considère cela comme des vacances. Et nous pourrons faire un peu plus connaissance.

— Tu ne seras pas occupé par tes fonctions officielles ?

— Si, bien sûr. Mais je te promets que tu ne t'ennuieras pas, au palais. Et une voiture sera à ta disposition.

L'expression de Noémi changea soudain. C'était comme si elle venait de se rappeler quelque chose.

— Je ne peux pas venir : j'ai un rendez-vous chez le médecin !

Bon sang ! Celui où il devait entendre battre le cœur de leur bébé et voir l'échographie…

— Tu ne peux pas rater ça.

— Je suis d'accord, dit Noémi, visiblement soulagée.

— Mais tu pourrais voir un médecin en Ostanie.

Elle poussa un soupir.

— Ce n'est pas si facile. C'est le médecin qui me suit depuis le début.

— Je peux le faire venir par avion.

Noémi baissa la tête. Elle se tordait nerveusement les mains.

— Tu ne lâches pas facilement l'affaire, n'est-ce pas ?

— Si tu restes ici, moi aussi.

— Mais ta famille…

— … attendra ! L'échographie, c'est plus important.

— Je ne suis pas prête à affronter ta famille et à discuter du bébé. Nous devons résoudre certains problèmes avant d'en parler autour de nous.

— Je suis d'accord. Pour l'instant, nous tairons que ton bébé est aussi le mien.

Si elle essayait de trouver une autre raison de ne pas faire ce voyage avec lui, Max continuerait à trouver des moyens d'apaiser ses inquiétudes. Elle devait comprendre qu'il ferait tout pour assurer la sécurité de la mère de son bébé.

Noémi le dévisagea longuement, puis secoua la tête. Elle semblait avoir pris sa décision. Max retint son souffle.

— Si je viens avec toi, je devrai être de retour à Mont-Cœur pour passer Noël en famille. Nous avons nous aussi quelques problèmes à régler.

— Alors tu m'accompagnes ?

Elle acquiesça.

— Je vais faire ma valise.

Elle n'ajouta rien et gagna sa chambre. Max n'aurait su dire si elle était en colère ou simplement résignée. Il espérait qu'avec un peu de temps, elle verrait que cet arrangement était la meilleure solution.

Avait-elle pris la bonne décision ? se demandait une nouvelle fois Noémi.

De toute façon, il était trop tard pour changer d'avis alors que le jet privé s'élevait au-dessus des nuages. Une part d'elle pensait qu'elle aurait dû rester au chalet et hiberner jusqu'à ce que la presse abandonne ses recherches sur la mystérieuse femme de la photo, mais une autre part d'elle n'était pas prête à abandonner Max et le rêve que leur bébé pourrait faire partie de leur vie *à tous les deux*.

Durant le court vol, Noémi regarda par le hublot, perdue dans ses pensées. Elles concernaient Max, bien sûr. Cet homme avait quelque chose de spécial. Sa douceur, sa gentillesse, cette manière de lui sourire qui la faisait chavirer, cette façon de la regarder comme si elle était la seule femme au monde.

Non pas qu'elle soit tombée amoureuse de lui. Elle avait accepté de s'envoler pour l'Ostanie parce qu'il était préférable pour le bébé d'avoir des parents qui s'entendaient bien, qui pouvaient travailler ensemble pour élever un enfant heureux et en bonne santé. Rien de plus.

Quand le jet amorça sa descente, elle aperçut le palais. C'est là que vivait Max ? Waouh ! Même à cette hauteur, il était impressionnant avec ses tourelles bleues et ses murs blancs. Elle ne pouvait même pas imaginer que cet endroit était *chez lui*. On aurait dit qu'un village entier pouvait tenir dans ses murs. Avec autant d'espace, elle se demandait pourquoi Max avait ressenti le besoin de partir pendant si longtemps. Que fuyait-il ? Ses parents ? Étaient-ils durs, sévères ? Elle espérait que non.

Elle vit une petite clairière avec une piste d'atterrissage, nichée dans les montagnes enneigées et déchiquetées. Tout autour, il y avait de la neige. Les roues touchèrent le sol avec une secousse, puis l'appareil s'immobilisa.

— Tout va bien ? demanda Max.

— Oui, pourquoi ?

— Tu es restée silencieuse pendant tout le vol.

— J'ai beaucoup de choses en tête.

— Je comprends.

Comprenait-il vraiment ? Savait-il à quel point cela allait être difficile pour tous les deux ?

— Ta famille a dû avoir vent des rumeurs nous concernant. Tu vas pouvoir garder le secret sur notre bébé ?

— Jusqu'à ce que tu sois prête, oui. Mes proches savent que depuis ma thérapie contre le cancer, je suis censé être stérile. Ils vont me croire si je leur dis que je ne suis pas le père.

Une berline noire avec des drapeaux qui flottaient sur les ailes avant les attendait à leur descente de l'avion. Ils montèrent dedans. Noémi perçut quelques regards surpris. Elle se dit que Max n'avait peut-être pas pour habitude de ramener ses maîtresses chez lui. Cela lui fit du bien.

La voiture démarra. Noémi avait l'estomac noué. Elle se demandait si la famille de Max allait l'apprécier. Il posa la main sur la sienne.

— Détends-toi. Ma famille va t'adorer.

Elle lui jeta un regard surpris. Comment savait-il ce qu'elle pensait ? Plus la voiture se rapprochait de sa destination, plus elle devenait nerveuse.

— Je ne viens pas d'une famille noble. Je ne sais même pas comment m'adresser à tes parents. Qu'est-ce que je fais ? Une révérence ?

Max rit. Un rire chaud et profond qui l'aida à se calmer.

— Je ne pense pas que ce sera nécessaire.

— Mais je dois faire quelque chose, non ?

— Que dirais-tu d'une légère inclinaison et d'un hochement de tête ?

— Vraiment ? Parce que je ne veux pas les offenser.

— Tu t'en soucies vraiment tant que ça ? demanda Max, apparemment surpris.

— Je ne devrais pas ?

Même s'ils n'avaient pas été les parents de Max et les grands-parents de son bébé, elle aurait voulu faire bonne impression. Après tout, ils étaient roi et reine. Seigneur… Quand elle raconterait ça à Stéphania et à Maria !

Le soleil s'était couché, mais la nuit n'était pas encore

tombée. Leur voiture traversa lentement un village niché dans la vallée. En arrière-plan, elle voyait le palais, à mi-chemin de la montagne, qui brillait comme un bijou sous l'effet des projecteurs. Au centre du village se tenait un énorme sapin de Noël éclairé par de scintillantes lumières blanches. Les branches étaient recouvertes de neige.

Noémi avait envie de rester ici, dans le village, beaucoup moins intimidant que le palais. Tous les passants s'arrêtaient pour regarder passer leur cortège. Même s'ils ne pouvaient pas savoir qui se trouvaient dans leur voiture, à cause des vitres teintées, les hommes enlevaient leurs couvre-chefs et les posaient à l'endroit du cœur tandis que les femmes saluaient de la tête avec respect. Noémi résista à l'envie de leur faire signe.

— Est-ce qu'ils font toujours ça ?

— Oui. Et dans d'autres circonstances, je m'arrêterais pour les saluer.

— Tu n'arrêtes pas parce que je suis là ?

— Oui.

Noémi se sentit mal. Elle savait déjà que son état changerait la vie de Max. Comment réagirait sa famille quand il leur parlerait du bébé ? Exigeraient-ils qu'ils se marient ? Son corps se raidit à l'idée d'un mariage arrangé. Si jamais elle se mariait, ce serait par amour, c'était non négociable. Essaieraient-ils de lui forcer la main parce qu'elle portait l'enfant du prince héritier ?

Non, tenta-t-elle de se rassurer. Bien sûr que non. Elle n'était pas citoyenne d'Ostanie. Ils n'avaient aucun pouvoir sur elle. Elle jeta un coup d'œil à Max, qui regardait par la vitre. Elle lui faisait confiance : il ne laisserait pas ses parents les forcer à faire ce qu'ils ne voulaient pas.

La berline accéléra à la sortie du village. Alors que le palais se rapprochait, Noémi pressait pratiquement le visage contre la vitre. Elle avait l'impression qu'un livre avait été ouvert et qu'elle allait entrer dans les pages d'un vrai conte de fées. Et elle n'avait absolument aucune idée de la façon dont l'histoire allait se terminer…

10.

— Détends-toi. Mes parents ne sont pas si terribles que ça !

— *Pas si terribles ?* répéta Noémi d'un ton affolé. Tu sais vraiment comment mettre quelqu'un à l'aise !

Max grimaça et posa la main sur la sienne.

— Tu m'as compris.

— Oui, je comprends qu'ils vont me détester !

— Ça va aller. Je serai à côté de toi tout le temps.

— Et toi, tu n'es pas nerveux ? lui demanda-t-elle en posant sur lui ses grands yeux inquiets.

— Disons que… mon père est peut-être le roi, mais ma mère dirige la famille. Elle a des idées bien arrêtées sur la façon dont les choses doivent se faire, et notre histoire ne correspond pas exactement à ses attentes.

— Je le savais. Elle va me détester.

— Tu veux bien arrêter de dire ça ? Il va falloir que chacun fasse un petit effort, voilà tout !

— Surtout si tu lui as dit que nous n'allions pas nous marier.

Max ne répondit pas. La voiture avait franchi les grilles du palais et s'était arrêtée au pied des marches qui menaient au perron.

— Tu leur as dit que je venais, n'est-ce pas ? demanda Noémi, visiblement paniquée.

Il garda de nouveau le silence. Il n'avait parlé à personne de Noémi. Pas même à Enzo, son secrétaire particulier et ami. Cela aurait généré des questions auxquelles il n'était alors pas prêt à répondre. Autant les mettre devant le fait accompli et affronter cette situation complexe au fur et à mesure. Car il était certain d'une chose : en connaissant le fin mot de l'histoire, sa famille insisterait pour qu'un test de paternité soit pratiqué puis que Noémi et lui se marient. Or elle ne voulait pas d'un mariage avec lui. Il allait devoir marcher sur des œufs avec elle aussi, sinon elle s'enfuirait. Et il ne pouvait pas laisser cela se produire.

Ensuite, l'héritier du trône d'Ostanie devait résider dans le palais et être éduqué dès sa naissance dans l'optique de diriger un jour le royaume. Il n'y avait pas de place pour un arrangement moderne de garde alternée ou de droit de visite. Et il savait déjà que Noémi rechignerait à cette perspective…

— Max, tu le leur as dit, n'est-ce pas ?

Avant qu'il ait pu répondre, les deux portières de la voiture s'ouvrirent. Il sortit. Lorsqu'il se tourna vers le palais, Enzo se tenait en haut des marches. À côté de lui se trouvait la reine. Bon sang ! Elle ne l'accueillait pas à la porte, d'habitude…

Max redressa les épaules et se dirigea du côté de Noémi. Il lui présenta son bras puis ils montèrent les marches.

— Votre Altesse, salua-t-il sa mère, avec un signe de la tête.

— Maximilien, répondit-elle avec la même solennité. Il était temps que tu rentres à la maison.

Elle était la seule à l'appeler autrement que par son surnom. Même son père ne l'appelait pas ainsi. Mais sa mère était une femme qui soignait les apparences. Il ne se souvenait pas de la dernière fois qu'il l'avait vue avec les cheveux défaits… Leur relation avait toujours été un peu tendue ; il s'entendait beaucoup mieux avec son père.

Le froncement de sourcils de sa mère s'accentua.

— C'est quoi, ce… bazar sur ton visage ?

Il sourit : sa mère détestait les barbes.

— Je pensais essayer quelque chose de différent.

— Eh bien, tu es à la maison, désormais. Rase-toi,

s'il te plaît. Qui est-ce ? ajouta la reine en se tournant vers Noémi.

Espèce d'idiot ! À croire qu'être de retour à la maison après avoir été absent depuis des mois et des mois l'avait un peu chamboulé.

— Mère, je te présente Noémi Cattaneo, de Cattaneo Jewels. Noémi, voici ma mère, la reine Marguerite.

Si Noémi fut surprise qu'il mentionne l'entreprise familiale, elle n'en montra rien. Dans les vieilles familles aristocratiques, les gens n'étaient pas seulement reconnus pour ce qu'ils étaient, mais aussi pour ce qu'ils représentaient. Et Max savait que sa mère avait commandé quelques pièces spéciales à Cattaneo Jewels.

— Je suppose que vous êtes parente des propriétaires.

— Mes parents ont lancé l'entreprise. À présent, mes frères et moi la dirigeons.

— Comme c'est intéressant ! Nous en reparlerons plus tard. Maximilien, poursuivit-elle en se tournant vers lui, tu aurais pu nous prévenir que tu amenais une invitée.

— Je ne l'ai pas fait ? fit-il mine de s'étonner. Je pensais l'avoir fait.

— Non. Tu ne l'as pas fait. Est-ce qu'il l'a fait, Enzo ?

— Pas que je me souvienne, Majesté. Mais la connexion téléphonique n'était pas très bonne, peut-être ai-je mal compris.

Max ne put s'empêcher de sourire devant la diplomatie de son bras droit. Il avait élevé l'impartialité au rang d'art.

— Mère, il ne fait pas très chaud, dehors. Si nous rentrions ?

La reine hocha la tête et se tourna vers la porte. Impossible de savoir ce qu'elle pensait. Il ne savait pas si elle serait ravie à l'idée d'avoir un petit-enfant grâce à son fils que tout le monde croyait stérile ou si elle serait indignée face à un enfant hors mariage, roturier en plus. Mais la première personne à qui il en parlerait serait Tobias, son frère, dont la vie était sur le point d'être bouleversée.

Max jeta un coup d'œil à Noémi. Son visage était pâle.

Elle arborait un sourire crispé. La première rencontre avec sa mère s'était plutôt bien passée, compte tenu de la situation. Peut-être aurait-il dû prendre le temps de prévenir Noémi que sa mère n'était pas du genre chaleureux. La reine aimait ses fils, il n'en avait jamais douté, mais elle n'exprimait pas ses émotions. Elle avait été élevée ainsi.

Il se souvenait clairement de son réveil après une des lourdes opérations qu'il avait subies à l'adolescence. La pièce était sombre, il était désorienté. Il avait entendu des pleurs étouffés. Ceux de sa mère, qui avait posé la tête sur son lit et, sans se rendre compte qu'il était réveillé, avait dit une prière pour lui. Max n'avait jamais été aussi touché de sa vie, puis Noémi lui avait dit qu'il allait devenir père… Les deux moments les plus intenses de son existence.

Il se dit à cet instant précis qu'il ne laisserait jamais son enfant douter de l'amour féroce qu'il lui portait.

C'était un rêve.

Cela ne pouvait pas être réel.

La grand-mère de son bébé était une reine ; qui ne l'aimait pas, alors qu'elles ne se connaissaient pas encore. Noémi ne voulait même pas imaginer ce que dirait la mère de Max lorsqu'elle apprendrait l'existence du bébé. Peut-être était-il d'ailleurs préférable qu'elle ne l'apprenne jamais.

Oui, c'est la meilleure solution, songea Noémi. Dès qu'elle parviendrait à coincer Max en tête à tête, elle lui expliquerait qu'elle devait repartir. Il devait bien déjà se rendre compte que venir ici était une erreur.

Une fois à l'intérieur du palais, Noémi s'arrêta dans l'immense vestibule, le souffle coupé par la magnificence des lieux, du sol carrelé à motifs bleu ciel et noir à l'imposant lustre de cristal, qui faisait au moins trois mètres de large. Au fond, de part et d'autre de la pièce, partaient des escaliers jumeaux avec d'artistiques rampes en fer forgé et des mains courantes dorées.

— Noémi ?

Elle sortit de sa contemplation émerveillée et posa les yeux sur Max. Un homme se tenait à côté de lui et… *Oh ! mon Dieu !*

— C'est mon père, le roi Alexandre.

Le roi ? Elle s'affola. Que devait-elle faire ? S'incliner ? Faire la révérence ? Elle fit un petit mouvement entre les deux qui devait être ridicule.

— Votre Majesté.

Le roi s'approcha d'elle. Il souriait, au contraire de sa femme qui semblait si revêche. Il lui tendit la main. Allait-il serrer la sienne ? Les rois faisaient-ils de telles choses ?

— C'est si agréable de rencontrer une amie de mon fils !

— C'est… C'est un plaisir de vous rencontrer aussi, bafouilla-t-elle.

Était-ce la bonne réponse ? Elle avait rencontré beaucoup de gens riches et célèbres, mais aucun dirigeant d'un pays. C'était impressionnant, surtout dans ce cadre fastueux. Or elle avait sa fierté et voulait faire bonne impression. Avec la reine, cela n'avait pas été très concluant ; elle se débrouillait beaucoup mieux avec le roi.

— Connaissez-vous mon fils depuis longtemps ?

— Nous nous sommes rencontrés il y a quelques mois, déclara Max.

Son père le foudroya du regard.

— Grâce à des amis communs, enchaîna Noémi. Nous avons immédiatement sympathisé.

— Immédiatement ? intervint Max. Si je me souviens bien, tu n'as pas été *immédiatement* impressionnée. Comme tu ne m'avais pas reconnu, je n'étais à tes yeux qu'un de tes nombreux admirateurs.

Noémi avait l'impression que son visage était en feu. Que faisait Max ? Essayait-il de donner à son père une mauvaise image d'elle ?

— Nous avons commencé à discuter et nous sommes vite devenus amis.

Max semblait amusé par son embarras. Elle lui fit les gros yeux.

— Oui, amis. Et je… J'ai pensé que Noémi aimerait voir où j'habitais.

Son père souriait encore, mais elle devinait qu'il se demandait ce qu'il y avait entre eux. Une passade ? Quelque chose de plus sérieux ? Elle aurait été bien en peine de lui répondre, parce qu'elle-même n'avait pas de réponse. Seul le temps pourrait leur en donner.

— Nous sommes heureux que vous soyez venue nous rendre visite, lui affirma le roi. N'est-ce pas, Marguerite ?

La reine resta silencieuse un long moment.

— Oui, c'est vrai, dit-elle enfin. Quelqu'un va vous montrer votre suite pour que vous puissiez vous installer pendant que nous parlons en privé avec notre fils.

— Merci de m'accueillir dans votre palais, répondit Noémi, qui se rendait compte qu'elle avait été congédiée.

Elle remarqua qu'un domestique l'attendait un peu plus loin, en bas des marches. Lorsqu'elle se retourna, elle vit le roi et la reine s'éloigner.

— Ne t'inquiète pas, lui chuchota Max à l'oreille. Tout va bien se passer. Je te rejoins dans un instant.

Noémi espérait qu'il avait raison. Jusqu'à présent, elle était persuadée que venir ici avait été une erreur, même si le roi avait été très gentil avec elle.

Elle regarda Max rejoindre à grandes enjambées ses parents. Qu'allaient-ils faire ? Parler des articles sur Max parus dans la presse people ? Discuter de sa grossesse ?

Le domestique la pria de la suivre. Elle acquiesça et ils montèrent les marches. L'idée de s'allonger un peu lui semblait séduisante. Elle n'avait jamais été aussi fatiguée de sa vie. D'habitude, elle était une boule d'énergie, mais pas ces derniers temps. Cette grossesse l'épuisait. Physiquement, mais aussi mentalement depuis qu'elle avait retrouvé Max.

Il devrait le leur dire. Il le voulait. Max avait hâte de faire savoir à la terre entière qu'il allait être père.

Cependant, Noémi n'était pas prête à subir la pression ou les attentes qui pèseraient alors sur sa vie. Pour l'instant, il devait la protéger.

Son pays était imprégné de traditions archaïques, comme l'étaient ses parents. Max n'était pas d'accord avec la plupart de ces traditions, mais il n'était pas en mesure de les changer – pas encore. Lorsqu'il deviendrait roi, que son autorité ne pourrait être contestée, il pourrait mettre en œuvre des réformes.

Max entra dans la bibliothèque. Il se figea en constatant que ses parents n'étaient pas les seuls à vouloir lui parler. Il y avait les deux plus hauts membres du cabinet royal ainsi qu'Enzo. Cela ressemblait plus au début d'un interrogatoire qu'à un retour à la maison…

Depuis le seuil, il observa ses parents. Sa mère n'avait pas changé. Elle avait toujours une silhouette élancée et n'avait pas de cheveux gris, mais on aurait dit qu'elle les avait discrètement dissimulés. Son père, en revanche, avait l'air plus âgé et plus frêle. Son visage semblait fatigué et ses yeux étaient ternes. Il était sans doute plus malade qu'il n'était prêt à l'admettre. Leurs regards se croisèrent. Son père avança vers lui.

— C'est *la* femme, n'est-ce pas ?

Max avait le sentiment d'être entré au milieu d'une conversation et que tout le monde s'attendait à ce qu'il sache ce qui avait été dit. Or il refusait d'être acculé, de se retrouver sur la défensive. Il avait été dans cette position délicate trop souvent ces dernières années.

— La femme ? demanda-t-il d'un ton candide.

— Ne joue pas à ça, intervint sa mère en rejoignant le roi. Nous t'avons laissé beaucoup de liberté après ta… ta maladie. Peut-être qu'avec le recul, c'était trop de liberté. Les gros titres qui fleurissent sur ton passage sont de plus en plus négatifs. Et maintenant, tu ramènes cette fille à la maison.

— Ce n'est pas une fille, c'est une femme. Et elle s'appelle Noémi.

La reine croisa les bras sur sa robe de lin blanc et marine.

— Je suppose que c'est elle qui prétend être enceinte ?

— Depuis quand avez-vous commencé à croire les ragots colportés par certains magazines ? Vous savez ce que le médecin a dit : je ne serai jamais père.

La colère de sa mère parut s'éteindre aussitôt.

— Alors ce n'est pas vrai ? Il n'y a pas de bébé ?

— Il n'y a rien de sérieux entre Noémi et moi. Nous sommes… amis. Elle est adorable. J'aimerais que tu lui donnes une chance.

Sa mère le dévisagea attentivement.

— Elle est importante pour toi ?

— C'est une bonne amie, commença-t-il en choisissant ses mots avec précautions. Et elle a traversé beaucoup d'épreuves ces derniers temps. Je veux que cette visite se passe bien pour elle.

— Quelles épreuves a-t-elle traversées ? demanda sa mère, de plus en plus curieuse.

— Chérie, laisse Max tranquille, dit son père d'un ton léger. Il est à la maison ; c'est ce que tu voulais, non ? Ne le poussons pas à repartir.

— N'ai-je pas le droit de m'intéresser à mon fils et à ses amis ? s'offusqua sa mère, qui détestait que le roi et Max se liguent contre elle.

— Bien sûr, Marguerite. Mais tu n'as pas besoin de donner l'impression que c'est l'Inquisition.

Les prunelles de sa mère brillaient de fureur contenue tandis qu'elle les dardait sur son époux.

— Très bien. Tu t'occupes de ça. Et quand ça nous explosera au visage, tout retombera sur toi !

Elle se tourna vers Max.

— Merci de bien vouloir te raser avant le dîner.

Sa mère quitta la pièce en faisant signe aux dignitaires de la suivre. La porte se referma avec un bruit sourd.

Son père secoua la tête.

— Ta mère veut bien faire. Tu lui as manqué. J'aimerais que tu ne t'absentes plus aussi longtemps.

— Je suis désolé, père. C'est juste…

— … plus facile pour toi d'être loin. Je sais.

Max approuva d'un signe de tête. Il aimait chez son père cette façon de le comprendre. Alors que sa mère était féroce dans son amour et son besoin de protéger sa famille, son père était à l'opposé et laissait son amour s'épancher librement. Max était d'ailleurs impressionné que deux êtres aussi différents aient réussi à faire fonctionner et durer leur mariage.

— Cependant, reprit son père, je suis d'accord avec ta mère. Cette Noémi est plus qu'une amie.

Max s'apprêtait à protester, mais son père leva la main pour l'en empêcher.

— Peut-être que tu ne le vois pas encore, mais ça viendra, fais-moi confiance. C'est dans la façon dont tu la regardes, dont tu parles d'elle. Cependant, je ne suis pas sûr qu'elle ressente la même chose que toi. Alors, fais attention.

Il n'était pas étonnant que son père soit un bon roi. Il pouvait voir clair dans une situation et aller au cœur du problème. Max lui sourit et se retira. À présent, il voulait s'assurer que Noémi était confortablement installée.

Tandis qu'il montait les marches, les mots de son père défilèrent dans son esprit. Était il si évident que Noémi n'était pas attirée par lui ? Et si c'était le cas, que prévoyait-il ? De séparer la mère de l'enfant ? Cette pensée lui vrilla l'estomac. Il devait y avoir un meilleur moyen… La payer pour qu'elle reste ici avec leur bébé et lui jusqu'à ce que l'enfant ait grandi ? Là encore, l'idée ne lui plaisait pas. Que lui restait-il comme option ? La faire tomber amoureuse de lui ?

Max fit une pause devant la porte de Noémi. Il chassa ses sombres pensées. Il ne voulait pas qu'elle sente son trouble intérieur. Il devait tout garder pour lui jusqu'à ce qu'il trouve la meilleure solution.

— Entrez.

La voix de Noémi était faible. Max ouvrit la porte et trouva la belle Italienne assise sur le lit. Son visage était pâle. Il referma la porte et se précipita à son côté. Il s'agenouilla devant elle.

— Est-ce que tout va bien ?

Elle hocha la tête.

— Je me suis sentie épuisée et j'ai fermé les yeux pendant quelques minutes. J'ai dû m'endormir.

— Je ne voulais pas te réveiller.

— Je ne veux pas trop dormir maintenant, sinon je ne dormirai pas cette nuit.

— Le dîner se tiendra à 19 heures. Tu seras en forme ?

Elle sourit, mais son sourire n'atteignit pas ses yeux.

— Ça ira. Et demain, je serai comme neuve.

Max ne la croyait pas vraiment. Il allait devoir agir. Il voulait que Noémi profite de cette visite en Ostanie. Il voulait qu'elle tombe amoureuse de son pays – celui de leur enfant.

— Nous avons un peu de temps avant le dîner : et si je te faisais visiter le palais ?

Elle sembla ragaillardie par cette proposition. Il se décerna mentalement un bon point.

— Ce serait bien.

— Tu préfères te changer maintenant ou après ? Ce sera un dîner un peu formel. Les hommes seront en costume. Tu as prévu une robe ou deux ?

— Bien sûr que j'ai apporté des vêtements plus habillés ! J'avais compris que tu m'emmenais dans un palais, tu sais, ironisa-t-elle, un tantinet cynique.

Max s'en voulait de s'être inquiété pour rien. Noémi était une Cattaneo, elle connaissait les usages mondains.

— Je me change d'abord, décréta-t-elle.

— Très bien. Alors je vais aller me changer aussi. Et me raser.

Il sortit de la chambre. Son père avait-il raison ? Noémi n'agissait pas du tout comme les autres femmes passées dans sa vie. Toutes étaient désireuses d'être sans cesse près de lui, de l'embrasser, de le toucher. Pas Noémi. Elle était réservée. Cela devrait le soulager, pourtant il s'inquiétait de la distance qu'elle mettait entre eux. Tout ce qu'ils auraient jamais eu ensemble, c'était une nuit. Une nuit incroyable, inoubliable mais unique. Et Max se rendait compte que ce n'était pas suffisant pour lui.

11.

Rester distante lui demandait un gros effort. Pourtant, Noémi savait que faire comme si tout allait bien était la meilleure solution. Depuis qu'elle avait rencontré la reine, elle était certaine que Max et elle n'étaient pas faits l'un pour l'autre. Ils venaient de deux mondes trop différents.

Elle jeta un coup d'œil à sa chambre. Elle était grande, avec de hauts plafonds et des boiseries dorées. Les peintures de paysages sur les murs étaient magnifiques. Elle s'en approcha, puis gagna une des immenses fenêtres qui donnaient sur les jardins intérieurs. Elle ne put retenir une exclamation : il y avait une patinoire !

Noémi était hypnotisée par la glace brillante. Elle patinait depuis qu'elle était enfant et adorait cela. Elle se demandait si Max savait patiner.

Elle comprit soudain qu'elle était en train de perdre la notion du temps et qu'elle devait se préparer. Elle se détourna de la fenêtre et balaya la pièce du regard à la recherche de ses bagages. Ses valises n'étaient pas là…

Elles étaient peut-être dans la salle de bains. Elle ouvrit la porte et se rendit compte que l'immense pièce, pratiquement de la même taille que la chambre, abritait un dressing. Elle l'ouvrit. Quelqu'un avait pris le temps et la peine de ranger ses vêtements. Quelle charmante attention ! Elle songea qu'il lui faudrait trouver qui remercier.

Elle examina alors chacune de ses robes en essayant de deviner laquelle pourrait plaire à la reine. Au bout de dix minutes, elle avait l'esprit encore plus embrouillé qu'au début. Elle était tellement nerveuse ! Cela ne lui ressemblait pas.

En désespoir de cause, elle choisit une petite robe noire. Celle-ci n'était ni trop voyante ni trop décontractée, et surtout elle ne révélait rien de son petit ventre de femme enceinte. Elle se regarda dans le miroir. *Pas trop mal. Mais pas génial non plus.*

Elle était tellement pâle ! Et ces cernes sous ses yeux… Elle soupira et se mit en quête de sa trousse de maquillage. Introuvable. Ce qui la mit en rage.

Allez, calme-toi, Noémi. Respire.

Normalement, elle avait plutôt confiance en son physique. Était-ce ces quelques centimètres de tour de taille supplémentaires qui la rendaient à fleur de peau ? Ou était-ce parce que Max était si peu chaleureux ? Il semblait seulement s'intéresser au bébé qu'elle portait. Elle essaya de se persuader que c'était une bonne chose. Un bébé était une complication suffisante dans sa vie, elle n'avait pas besoin d'y ajouter un prince héritier ! Pourtant, aucun des arguments rationnels qu'elle développa ne suffit à la convaincre : elle désirait davantage.

Lorsque Max frappa à sa porte, Noémi était habillée, ses cheveux étaient lissés et elle avait retrouvé son maquillage, qu'elle avait utilisé pour embellir ses traits fatigués.

Avant d'ouvrir, elle jeta un regard à son reflet dans le miroir. Alors, elle se rendit compte qu'elle avait oublié ses bijoux. C'était tellement ironique de la part de la fille des fondateurs de Cattaneo Jewels ! Son inconscient essayait-il de lui envoyer un message ?

Le souffle de Noémi se bloqua dans sa gorge lorsqu'elle se retrouva face à Max. Rasé de près, il avait l'air plus princier que jamais. Son costume noir cintré mettait en valeur ses larges épaules et ses biceps. Si elle continuait à se souvenir du torse musclé que cachaient cette cravate noire et cette chemise blanche, elle allait devenir folle de désir. Déjà celui-ci commençait à pulser au cœur de sa féminité.

— Tu es magnifique, déclara Max, ce qui la fit rougir aussitôt.

— Merci. Tu n'es pas mal non plus. Dans ta famille, on s'habille de façon formelle pour chaque repas ?

— Ma mère insiste pour que les gens s'apprêtent pour le dîner. Je suppose que c'est différent dans ta famille.

— À la maison, mes parents étaient décontractés. Ils…

Sa voix se brisa. Ils lui manquaient tellement !

— Leur grand plaisir était de réunir la famille.

— Vous êtes très proches.

Noémi pensa à ses frères. L'un s'éloignait de plus en plus et elle ne connaissait pas encore l'autre. Pas tout à fait la définition de la proximité…

— Nous l'étions. Du moins, je le croyais…

Mais avait-ce vraiment été le cas, ou avait-elle seulement vu ce qu'elle avait voulu voir ? Après tout, ses parents lui avaient menti toute sa vie. Elle ne mentirait pas à son enfant. Jamais à propos des choses importantes. Et elle l'écouterait, elle l'écouterait *vraiment*.

— Noémi ?

Elle cilla et sortit de ses pensées. Il fallait absolument changer de sujet de conversation.

— Peut-être qu'après ce soir, je pourrais manger dans ma chambre…

— À cause de ma mère ?

Noémi secoua la tête. Même si l'attitude désapprobatrice de la reine la mettait mal à l'aise, elle n'était pas du genre à reculer.

— Je ne rentre plus dans la plupart de mes robes.

Un lent sourire étira les lèvres sensuelles de Max.

— C'est tout ? Alors demain, nous irons faire du shopping.

— Après ce qui s'est passé dans la boutique de Mont-Cœur, cela ne me paraît pas très sage…

— Laisse-moi m'occuper des paparazzis.

Il lui sourit de nouveau, un grand sourire sincère qui illumina son visage et ses prunelles.

Mon Dieu, que cet homme est beau !

Si elle n'y prenait pas garde, elle finirait par laisser son cœur en Ostanie et ce ne serait bon ni pour elle ni pour le bébé. Elle se dit qu'elle devait trouver quelque chose à dire, vite, sinon elle allait se jeter sur lui.

— Je… Tu sais qu'il y a une grande patinoire, dans les jardins ?

Max rit.

— Bien sûr ! Tu aimerais patiner ?

— J'adorerais ! Et à cause de ces maudits paparazzis, on n'a pas pu faire de patin à Mont-Cœur.

— Nous en ferons ici, promis. En attendant, es-tu prête pour une petite visite ?

Max lui offrit son bras. Elle aimait beaucoup ses manières surannées. Cette galanterie, cette politesse n'étaient aux yeux de Noémi absolument pas dépassées, mais au contraire une marque d'élégance. Sans un mot, elle glissa la main dans le creux de son bras. Elle frissonna. Son pouls s'accéléra. Il serait si facile de se laisser prendre au jeu de ce conte de fées : un palais enneigé, une demoiselle au bras d'un prince, un roi et une reine qui les attendaient pour dîner dans la grande salle à manger…

— Par où allons-nous commencer ? demanda-t-elle à Max.

— Les salles d'audience. Ce sont les pièces où la famille royale reçoit.

Ils descendirent le majestueux escalier et se retrouvèrent dans l'immense vestibule.

— On pourrait presque organiser un bal, dans ce hall, dit Noémi. C'est tellement grand !

— C'est parfait pour jouer à cache-cache.

— Tu as vraiment joué à cache-cache ici ? s'ébahit-elle.

Un simple regard à son compagnon lui confirma qu'il ne plaisantait pas.

— Quand nous étions jeunes, mon frère et moi pouvions y passer des heures. Pourquoi as-tu l'air si surpris ?

— Parce que c'est un palais ! Le moindre bibelot, le moindre vase doit coûter une fortune. C'est plus un musée qu'un terrain de jeu.

— Peut-être pour toi, oui. Pour mon frère et moi, c'était juste notre maison.

— *C'était…* ?

Max haussa les épaules.

— Je suppose que j'ai été loin d'ici plus longtemps que je ne le pensais. Allons par là, ajouta-t-il en se dirigeant vers la gauche.

Noémi admira les œuvres d'art inestimables accrochées aux murs.

— Cet endroit est absolument incroyable !

— Ma mère approuverait, affirma Max.

Elle songea que dans sa stratégie pour plaire à la reine, elle devrait peut-être user d'un peu de flatterie.

Ils visitèrent de nombreuses pièces du rez-de-chaussée avant de se retrouver dans une salle aux tentures rouges tapissée de portraits d'ancêtres de Max. Certaines des peintures semblaient très anciennes. Noémi s'arrêta devant le portrait d'un bébé en robe de baptême, dont les yeux lui semblaient familiers.

— C'est toi ?

— Oui, répondit Max. Un jour, il sera remplacé par un portrait officiel avec ma couronne, mon sceptre et ma cape.

Soudain, il devint très concret pour Noémi que Max n'était pas un homme comme les autres. Un jour, il régnerait sur l'Ostanie. Elle ne pouvait même pas imaginer ce que ce serait de porter une responsabilité aussi énorme. Elle s'angoissait à l'avance des exigences de la maternité alors que lui serait responsable de centaines de milliers de vies.

Alors qu'elle continuait à regarder le portrait de Max bébé, elle se demandait si le leur lui ressemblerait. Elle jeta un coup d'œil circulaire dans la pièce pour s'assurer qu'ils étaient seuls, puis lui demanda à voix basse :

— Tu préférerais un fils ou une fille ?

Visiblement, Max ne s'attendait pas à une telle question : il ouvrit de grands yeux étonnés. Il semblait un peu ému.

— Pour être honnête, je... je n'y ai pas beaucoup réfléchi. Le simple fait d'apprendre que j'allais être père a été un choc.

— Mais si tu devais choisir ?

Max eut l'air de réfléchir sérieusement à la question.

— Je crois que je m'en fiche tant qu'il est en bonne santé.

— Je ressens la même chose, répliqua-t-elle en souriant. J'aimerai ce bébé quoi qu'il arrive. J'ai déjà acheté des livres censés m'expliquer à quoi m'attendre aux différentes étapes.

— Tu devrais m'en prêter un ou deux, pour que je m'informe.

— Tu es sérieux ?

— Bien sûr ! Je n'arrête pas de te le dire : nous sommes dans le même bateau. Ensemble.

— Tu n'imagines pas à quel point j'ai envie de te croire.

Elle se rendit compte qu'elle avait exprimé ses pensées à haute voix. Seigneur... Comment Max allait-il réagir ?

Elle n'eut pas longtemps à attendre : il était tout près d'elle et son visage descendait doucement vers le sien.

— Je vais te donner quelque chose en quoi croire, murmura-t-il contre ses lèvres.

Et il l'embrassa.

Comme son contact lui avait manqué ! se dit Noémi en savourant ce baiser. Elle ne se souvenait pas de la raison pour laquelle elle l'avait tenu à distance ; cela devait avoir du sens à un moment donné, mais plus maintenant.

Ses mains reposaient contre son torse ferme et musclé. Son baiser était tentateur. Un gémissement se forma dans sa gorge. Elle glissa les bras sur ses épaules et appuya son corps contre le sien.

Toc ! Toc !

Noémi s'écarta vivement de Max, les joues en feu. Quelqu'un s'éclaircit la gorge.

Pourvu que ce ne soit pas la reine !

— Oui, Sloan, dit Max avec calme au majordome qui se tenait respectueusement sur le seuil, tête baissée.

— Votre Altesse, on m'a envoyé vous dire que le dîner sera servi dans un quart d'heure.

— Merci.

Le majordome disparut dans le couloir. Noémi était au comble de la gêne.

— On continue la visite ? proposa Max comme si de rien n'était.

Il la conduisit dans la salle du trône. Sur une estrade, deux fauteuils massifs à dossier en bois sculpté et coussins rouges étaient disposés sous un impressionnant blason de la famille royale. La pièce adjacente était une bibliothèque. Immense. Les rayonnages en bois ouvragé montaient si haut sur le mur qu'il y avait une échelle pour atteindre les étagères supérieures.

— Tu crois que je pourrais emprunter un livre ou deux pendant que je suis ici ? J'étais tellement pressée de faire mes valises que je n'ai pas pensé à en emporter.

— Bien sûr. Cette pièce n'est pas utilisée autant qu'elle le devrait. Et maintenant, à table ! ajouta-t-il après avoir regardé sa montre. Je te montrerai le reste du palais plus tard, ou demain.

— D'accord.

— Avant d'y aller, sache que je n'ai pas oublié ton rendez-vous chez le médecin. Demain matin, nous passerons quelques coups de fil, et si nous ne trouvons aucune solution satisfaisante, je te ramènerai en jet à Mont Cœur pour la journée.

— Je suis sûre que tu en es capable, s'exclama Noémi en riant.

— Je ferais n'importe quoi pour ma famille.

Avant qu'elle puisse dire un mot, il l'embrassa. Un bref

baiser, suffisant toutefois pour faire battre son cœur. Max prit son bras pour la conduire vers la salle à manger.

— Ne t'inquiète pas, lui murmura-t-il à l'oreille. Une fois que ma mère te connaîtra, elle t'adorera.

— J'espère que tu as raison…

La table était la plus grande qu'elle eût jamais vue. On pourrait facilement y asseoir trente personnes. Les parents de Max et son frère étaient déjà là.

Noémi frissonna, nerveuse. Son regard croisa celui du roi, qui la gratifia d'un sourire chaleureux. La reine ne lui sourit pas, mais elle ne fronça pas non plus les sourcils, ce que Noémi choisit de considérer comme un signe positif.

— Alors, vous êtes la petite amie de mon frère ? demanda Tobias de but en blanc.

Le frère de Max avait les cheveux châtain clair. Il faisait environ la même taille et ne semblait pas aussi réservé que Max. Son large sourire lui faisait briller les yeux. Il n'était pas aussi beau que Max, mais il se défendait. Il lui saisit la main et lui fit un baisemain qui la prit au dépourvu.

— Je… Euh… Ravie de vous rencontrer, prince Tobias.

Embarrassée, elle le salua d'une légère inclinaison du buste.

— Détendez-vous, il n'y a que nous ici, ricana Tobias. Ne me dites pas que mon frère vous fait faire la révérence pour lui dire bonjour !

— Ça suffit, Tobias, intervint Max.

— C'est vrai, Tobias, renchérit la reine. Aurais-tu oublié tes manières ?

Noémi ignorait si la reine prenait sa défense ou si elle était vraiment choquée par l'attitude de son fils.

— J'espère que votre chambre vous plaît, dit-elle en se tournant vers Noémi.

— Elle est charmante.

Charmante ? Tu n'as pas mieux comme adjectif ? Allez, reprends-toi, Noémi !

— Merci beaucoup de me recevoir, reprit-elle. Max… Votre fils m'a fait visiter le palais et c'est à couper le souffle. J'aime particulièrement la bibliothèque.

— Vous lisez ?

La reine semblait étonnée. Noémi aurait pu être vexée par cette réaction, mais elle sourit et acquiesça. Elle faisait enfin des progrès avec la mère de Max. Elle décida de profiter de cet avantage.

— Dès que j'en ai l'occasion. Je goûte particulièrement les biographies et les récits historiques.

À cet instant, le majordome qui avait surpris Max et Noémi en train de s'embrasser annonça que le dîner était servi. Tout le monde s'attabla.

Le dîner s'étira en longueur. Six plats leur furent servis. Toutefois, l'ambiance était plus détendue que ce qu'elle avait imaginé ; même si, contrairement à ce qui se passait dans sa famille, il n'y avait pas de blagues, de taquineries ou de rires. Peut-être qu'il n'était pas nécessaire de retourner tout de suite à Mont-Cœur, après tout… Elle était vraiment curieuse d'en savoir plus sur la vie de famille de Max.

Noémi se tourna vers lui. Son désir de rester était-il lié aux baisers qu'ils avaient échangés avant de passer à table ? Que signifiaient-ils ? Et où les conduiraient-ils… ?

12.

Le lendemain matin, Max fut convoqué à une réunion pour l'informer en résumé de ce qu'il s'était passé dans le pays pendant son absence. Pendant qu'il écoutait d'une oreille distraite parler les conseillers du royaume, son esprit s'égarait vers Noémi.

Bien que le dîner de la veille se soit déroulé sans problème, Noémi avait été exclue de la plupart des conversations. Il n'avait pas réalisé jusque-là combien il était important pour lui que la belle Italienne soit acceptée par sa famille. Mais ce qui était encore plus important, c'était que Noémi se sente à l'aise, non seulement avec lui mais aussi avec eux. Comment sinon pourrait-elle envisager de considérer leur enfant comme un Ostanien ?

Tout n'était pas encore perdu. Il avait encore une chance de la convaincre – de la conquérir ? Il avait prévu de lui montrer quelques-uns des charmes de son pays. Et puis il lui avait promis qu'ils s'occuperaient de son rendez-vous chez le médecin.

Au bout d'une heure de réunion, il se leva.

— Je dois y aller, annonça-t-il.

— Aller où ? lui demanda son père.

— Cette réunion est importante, enchaîna sa mère. Tu ne peux pas ignorer ton devoir. Nous t'avons longtemps laissé la bride sur le cou, mais…

— … peut-être que nous n'aurions pas dû, compléta son père. Il est grand temps que tu arrêtes de courir après les femmes et de faire la fête. Il est grand temps que tu prennes de nouveau part aux affaires du royaume, que tu retrouves ta place dans notre famille. Tu ne seras sans doute jamais roi, mais cela ne veut pas dire que tu n'as pas un rôle essentiel à jouer.

Max nota alors seulement que son père n'avait pas l'air très en forme. Son teint était plus pâle que la veille durant le dîner et ses yeux étaient cernés. Il se demanda depuis combien de temps son père dépérissait. Les choses avaient définitivement changé pendant son absence. Oui, il était parti bien trop longtemps…

— Je comprends, répondit Max. Je vais m'investir davantage. Mais en ce moment, j'ai une invitée.

— En ce moment, tu as du travail, le contra sa mère. Ton invitée peut attendre.

Max hocha la tête. Sa mère avait raison. Il devait en faire plus dès maintenant pour alléger le fardeau des épaules de son père. Et Noémi, avec ses nausées, n'était pas très en forme le matin. Il vérifia l'heure. Il lui restait au moins une heure avant qu'elle soit en état de sortir. Ils pourraient prendre un rendez-vous chez le médecin juste avant de quitter le palais.

— Laissez-moi juste passer un coup de fil.

Il se ravisa : il ne voulait pas que sa famille entende sa conversation. Il écrivit quelques lignes et fit porter la note à Noémi par un huissier. Il ne voulait pas qu'elle pense qu'il l'avait oubliée.

Pour la première fois depuis longtemps, Noémi n'avait pas l'impression d'être une épave le matin. Son médecin lui avait dit que les nausées matinales devraient commencer à diminuer au deuxième trimestre. Apparemment, il avait vu juste.

Dieu merci !

Elle avait bien dormi et se sentait pleine d'énergie. Elle avait hâte d'aller explorer l'Ostanie. Alors, quand on frappa à sa porte, elle se précipita et ouvrit avec un grand sourire, qui s'évanouit lorsqu'elle comprit que ce n'était pas Max.

Un homme en uniforme sombre lui tendit un papier plié.

— De la part de Son Altesse le prince Maximilien.

Elle cilla, décontenancée, puis prit le papier.

— Merci.

L'homme fit un signe de tête brusque, un pas en arrière, puis demi-tour.

Désolé, je suis retardé contre mon gré. Je te rejoins dès que possible. N'hésite pas à utiliser la bibliothèque.

Max

Elle était déçue que Max ne puisse pas la rejoindre. Elle se rendit compte qu'il lui manquait, sans doute plus qu'il ne le devrait. En fait, elle pensait à lui depuis la veille au soir, lorsqu'il l'avait raccompagnée à sa chambre après le dîner. Elle avait espéré un autre baiser, en vain.

Le repas s'était déroulé bien mieux qu'elle ne l'avait imaginé. Max avait été attentionné, son frère amusant et leur mère, bien que toujours sur son quant-à-soi, s'était montrée plus cordiale. Elle lui avait même donné quelques suggestions de lecture concernant l'histoire de l'Ostanie. Égal à lui-même, le roi avait été charmant.

L'invitation de Max à explorer la bibliothèque était tentante. Enveloppée dans un gros pull – le palais était un peu froid —, Noémi s'y rendit, sans se perdre. Même si elle s'était égarée, il y avait tellement de personnel autour d'elle que quelqu'un lui aurait indiqué la bonne direction.

Le soleil traversait les vitraux, envoyant un kaléidoscope de couleurs dans toute la pièce. C'était magique ! Après quelques minutes de recherche, elle trouva le livre que la reine lui avait recommandé. Elle était curieuse d'en apprendre plus sur les ancêtres de Max, donc de leur bébé.

Elle ramena le livre dans sa chambre pour le lire en attendant Max. Elle s'installa sur un canapé près de l'une des fenêtres et se plongea dans sa lecture.

Lorsque Max apparut dans l'embrasure de la porte, elle se leva et lui sourit. Il ne lui sourit pas en retour, ce qui l'inquiéta aussitôt. Était-il arrivé quelque chose ? Avait-il changé d'avis et ne désirait-il plus passer la journée avec elle ? Avait-il réalisé qu'elle n'avait pas sa place au palais ?

Elle s'approcha de lui.

— Qu'est-ce qui ne va pas ?

— Pourquoi est-ce que quelque chose n'irait pas ?

— Je… Euh…, bredouilla-t-elle, décontenancée. C'est juste qu'on dirait que quelque chose te tracasse. Si c'est moi…

— Je t'interdis de penser une chose pareille ! la coupa-t-il. Je suis juste désolé d'être en retard. J'espère que tu ne t'es pas ennuyée.

— Pas du tout. J'ai trouvé un livre très instructif sur l'histoire de l'Ostanie.

— Tant mieux ! Et pour me faire pardonner, j'ai une surprise pour toi.

Noémi remarqua alors qu'il se tenait les bras derrière le dos.

— Oh ! J'adore les surprises ! J'ai toujours rêvé que mes parents m'organisent une fête surprise avec tous mes amis de l'école, mais ils étaient tellement occupés par leur entreprise…

Max arborait soudain un air sérieux.

— Penses-tu continuer à travailler après la naissance du bébé ?

La question la surprit, mais Noémi y avait déjà réfléchi.

— J'aimerais bien. Mais plus en tant que visage de Cattaneo Jewels.

— Tu envisages d'occuper une autre place dans l'entreprise familiale ?

Elle secoua la tête.

— Je ne veux pas travailler avec mon frère. Il ne prend pas mes avis au sérieux. J'aimerais être utile, que mon travail ait du sens : diriger une fondation, défendre une noble cause.

— Je suis certain que tu peux apporter beaucoup à n'importe quel projet !

— Merci. J'espère que tu as raison. Alors, reprit-elle d'un ton léger, quelle est ma surprise ?

— Tu es sûre de toujours la vouloir ? la taquina-t-il avec un sourire craquant. Tu n'es pas trop âgée pour les surprises ?

— Je ne le serai jamais trop !

Elle essaya de lui attraper le bras, mais il se déroba.

— Montre-moi ! lança-t-elle, faussement capricieuse.

— Après de tels préliminaires, j'espère que tu ne seras pas déçue.

Il lui tendit le lion en peluche violet qu'ils avaient oublié en s'échappant de la boutique, à Mont-Cœur.

— Oh… Merci, c'est génial !

— Je crois que tu avais eu un coup de foudre, non ?

Noémi avait les larmes aux yeux. *Stupides hormones !* Personne n'avait jamais fait quelque chose d'aussi attentionné pour elle.

Au grand étonnement de Noémi, Max avait pris le volant. Ils n'étaient que tous les deux dans la voiture, mais les gardes du corps suivaient juste derrière. Avant de prendre la route, ils avaient, avec l'aval et le concours du médecin de Noémi, pris rendez-vous pour une échographie en Ostanie.

Max était d'humeur légère et badine. Elle ne l'avait pas vu ainsi depuis leur arrivée au palais, et cela lui avait beaucoup manqué. Ici, il semblait sans cesse accablé par un fardeau.

— À quoi penses-tu ? lui demanda-t-il en manœuvrant dans les rues étroites du village.

— Qu'est-ce qui te fait croire que j'ai quelque chose en tête ?

— Parce que tu as cette lueur diabolique dans les yeux.

— Serait-ce une tentative de flirt, prince Max ?

Il se gara, coupa le moteur et tourna le visage vers elle. Il avait posé le bras sur le dossier de son siège. Noémi avait le cœur soudain affolé. Une douce chaleur commençait à se répandre dans tout son corps.

— Est-ce que ça marche ?

— Tu te souviens de ce qu'il s'est passé la dernière fois que tu as flirté avec moi, non ?

— Oui, je m'en souviens. Je ne pourrai jamais l'oublier. Toutes les autres me paraîtront fades, à présent, je t'en veux beaucoup !

Quel plaisir de passer du temps avec le Max joyeux et taquin de Mont-Cœur ! Elle non plus n'avait jamais pu oublier leur nuit ensemble, et elle mourait d'envie de recommencer. Des images torrides s'invitaient dans ses rêves, et parfois même la journée dans son esprit, ce qui provoquait en elle d'étranges et brûlantes sensations…

Ils se penchèrent l'un vers l'autre dans un mouvement parfaitement synchrone et leurs lèvres se rencontrèrent. La façon dont Max l'embrassait lui donnait l'impression d'être la seule femme au monde. C'était comme si l'un et l'autre avaient autant besoin de s'embrasser que d'oxygène.

Leurs langues se frôlèrent, se mêlèrent. Le pouls de Noémi battait furieusement dans ses veines. Son sang était de la lave à présent. Elle tendit la main, la posa sur la nuque de Max et glissa les doigts dans ses cheveux. De l'autre main, elle détacha sa ceinture de sécurité : elle voulait se rapprocher de lui, sentir son corps contre le sien. Si seulement ils n'étaient pas dans une voiture…

Elle sursauta quand trois coups furent frappés sur le toit de la voiture. En ouvrant les yeux, elle vit des costumes noirs de chaque côté du véhicule.

— Désolé qu'ils t'aient fait peur, dit Max en se rajustant. C'est ainsi qu'ils me font savoir que les alentours sont sûrs et que je peux sortir.

— Oh… Je me suis sentie comme une adolescente qui se fait surprendre avec son amoureux dans la voiture.

— Tu étais ce genre de fille ? la taquina-t-il en souriant. Étonnant…

— C'est toi qui es étonnant. Un prince qui s'échappe de la vie de château pour mener une vie de play-boy fêtard…

— Peut-être. Ou peut-être pas.

Noémi fronça les sourcils. Le ton soudain sérieux de Max venait de piquer sa curiosité.

— Qu'est-ce que tu ne me dis pas ?

Il secoua la tête et retrouva son air espiègle.

— Peu importe. Allons découvrir le village !

Ils sortirent de la voiture. Comme le soleil était de la partie, l'air s'était légèrement réchauffé : pas besoin de gants. Sans un mot, Max lui prit la main. Leurs doigts s'entremêlèrent. Plus ils passaient de temps ensemble, plus il semblait à Noémi qu'ils étaient faits l'un pour l'autre.

— Être ainsi vu en public ne t'inquiète pas ? Je ne parle pas seulement des journalistes, mais n'importe qui pourrait prendre une photo et la poster sur les réseaux sociaux.

— C'est l'Ostanie, ici. Et plus encore, c'est la Vallée verte. Ces gens m'ont toujours connu. Ils sont respectueux et protecteurs. Et n'aiment pas trop qu'on ennuie les membres de la famille royale. Les paparazzis ne sont pas franchement les bienvenus.

Ils se promenèrent dans le village. Max était gentil, abordable et attentionné envers tout le monde. Elle constata que son peuple l'aimait sincèrement. Ils déjeunèrent tranquillement dans un bistrot d'un bol de soupe et d'un sandwich chaud.

Ensuite, ils se rendirent au marché de Noël. Noémi trouva un cadeau pour chacun des membres de sa famille. Ce Noël serait si particulier ! Ce serait le premier sans leurs parents et avec Léo. Elle voulait plus que tout que ses frères se rapprochent, mais elle craignait que la question du contrôle de l'entreprise familiale n'entraîne une division entre eux. C'en était terminé de la famille unie qu'elle avait connue…

Soudain, une fillette la percuta. Elle devait avoir quatre

ou cinq ans. Elle regarda Noémi, les larmes aux yeux. Elle semblait perdue.

— Salut, dit Noémi en s'agenouillant. Je m'appelle Noémi. Et toi ?

— Gemma.

— Où est ta maman, Gemma ?

— Je… Je ne sais pas.

Noémi chercha Max du regard. Il s'était un peu éloigné et lui tournait le dos. Elle ne pouvait pas laisser cette petite fille seule.

— Je vais t'aider à retrouver tes parents. Tu viens avec moi ?

Elle tendit la main. La petite fille hésita, ce en quoi Noémi ne pouvait la blâmer puisqu'elle ne la connaissait pas. Finalement, elle glissa sa petite main gantée dans la sienne. Elle rejoignit Max.

— Max, voici Gemma. Elle est perdue. Nous essayons de retrouver ses parents.

Noémi remarqua qu'il avait une sorte de brioche à la main.

— Tu vas la manger ? lui demanda-t-elle.

Max comprit aussitôt le sens de sa question et se baissa pour tendre la pâtisserie à Gemma. La fillette lui sourit et commença à manger.

— On va la confier à un de mes agents de sécurité, murmura Max. Ils s'assureront que les autorités trouvent sa famille.

Noémi baissa les yeux sur Gemma. Celle-ci la regardait d'un air suppliant. Son instinct protecteur s'éveilla.

— Elle ne peut pas rester avec nous jusqu'à ce qu'on trouve ses parents ? Elle est terrorisée !

— Comment veux-tu les retrouver ?

Noémi lui fit part de son idée : il allait prendre la fillette sur ses épaules pour qu'elle puisse scruter la foule. Gemma sembla effrayée par cette aventure. Noémi dut déployer beaucoup de patience et de douceur pour apprivoiser ses craintes. Quand Gemma apprit que Max était un vrai prince, elle accepta finalement. Max était nerveux lui aussi. Elle se demanda s'il serait aussi peu à l'aise avec leur bébé. Elle ne pouvait s'empêcher de l'imaginer avec leur enfant. Elle n'arrêtait pas de se demander si ce serait une fille ou un garçon. Chaque jour, cela devenait un peu plus concret…

— Tu les vois ? demanda Max à la petite fille juchée sur ses épaules.

Gemma secoua la tête, puis elle tendit les bras à Noémi, qui la prit dans ses bras. Un policier s'approchait d'eux, accompagné d'un des gorilles de Max – celui-ci avait dû aller chercher de l'aide. Gemma le vit et serra ses petits bras autour du cou de Noémi.

— Max, je ne peux pas l'abandonner. Elle a déjà assez peur comme ça.

— Ils vont s'occuper de la situation beaucoup mieux que nous !

Soudain, la solution s'imposa à Noémi.

— Donne-moi cinq minutes. Suis-moi !

Et, sous le regard réprobateur et étonné de Max, elle s'enfonça dans la foule.

Sur une petite estrade, quatre musiciens jouaient des airs folkloriques. Noémi se dirigea droit vers eux.

Elle fut surprise de les voir s'arrêter en plein morceau pour la saluer d'une inclinaison respectueuse de la tête. Elle comprit alors que Max l'avait suivie. Noémi s'approcha du plus âgé des musiciens et lui demanda une faveur à voix basse. Il accepta de bon cœur.

— Excusez-moi, commença Noémi en face du micro.

Personne ne fit attention à elle : les gens continuaient à se parler et à vaquer à leurs occupations. Noémi plaça l'index et le majeur entre ses lèvres et siffla. Le son aigu, fort, inattendu fit aussitôt régner le silence sur le marché. Tout le monde ou presque se tourna vers elle.

— Je suis désolée de vous déranger, mais nous avons

un petit problème. Cette petite fille, Gemma, a été séparée de ses parents. Sont-ils ici ?

Elle scruta la foule dans l'espoir de repérer un couple soulagé qui lèverait la main ou se dirigerait vers elle, d'entendre quelqu'un crier, mais personne ne se manifesta. Visiblement, les parents de Gemma n'étaient pas de ce côté-ci du village…

Noémi devait penser à une alternative, et vite. *Je sais, ça y est !*

— Bien. Alors merci de bien vouloir sortir vos téléphones et commencer à faire circuler l'information sur les réseaux sociaux. Il faut que #HelpGemma devienne viral.

Les gens la regardaient sans bouger. Max s'approcha d'elle.

— Vous avez des téléphones portables en Ostanie ? lui murmura-t-elle à l'oreille.

Il éclata de rire et se pencha vers le micro.

— Merci à tous.

Aussitôt, tout le monde commença à pianoter sur son appareil. Elle envoya à Max un sourire plein d'espoir. Cela allait marcher. Il fallait que ça marche.

— Et maintenant ? lui demanda-t-il, tandis que les musiciens, qu'il avait chaleureusement remerciés et félicités, reprenaient leur concert.

— On attend. On refait le tour du marché de Noël, on reste dans les parages.

— Je n'avais jamais vu ton côté meneur. Tu es très impressionnante, je dois dire ! Et tu réfléchis vite.

— N'exagérons rien, j'aide juste un enfant qui s'est perdu, répliqua-t-elle en riant. Pas de quoi voir en moi une géniale stratège !

— Je pense que tu te sous-estimes.

Elle ne savait même pas si elle ferait une bonne mère. Elle avait tant à apprendre, mais ni père ni mère vers qui se tourner pour obtenir des conseils. Et si elle élevait mal à son enfant ? Et si elle était la pire des mères ?

— Hé, relax ! C'était juste un compliment, je ne voulais pas te contrarier.

Max avait l'air inquiet. Noémi en déduisit que ses angoisses se reflétaient sur son visage. Il lui posa une main rassurante sur l'épaule.

Noémi essaya de sourire, mais cela devait plus ressembler à une grimace.

— Ce… Ce n'est pas ta faute. Ce n'est rien. Ça va passer.

Du moins l'espérait-elle… Qu'allait-elle faire si elle abandonnait le mannequinat ? Sebastian lui avait fait comprendre qu'elle n'était pas la bienvenue comme associée opérationnelle dans l'entreprise familiale. Leurs parents avaient été durs avec lui pendant son enfance, et elle n'oubliait pas qu'il avait fait de son mieux pour la protéger. Était-ce ce qu'il croyait toujours faire aujourd'hui en l'écartant du cœur décisionnaire de Cattaneo Jewels, la protéger ? Parfois, il était difficile de se défaire de certaines habitudes. Et maintenant, avec l'arrivée de Léo dans l'entreprise, Noémi allait plus que jamais devenir un poids.

Elle soupira en constatant que son avenir était un immense point d'interrogation.

13.

Ils s'étaient arrêtés devant un stand où étaient exposés des jouets en bois faits à la main. Max était captivé par la façon dont le visage de Noémi s'illuminait lorsqu'elle parlait à Gemma. Il pouvait facilement l'imaginer avec leur enfant. Et après avoir vu comment elle protégeait Gemma et s'en occupait, il n'avait aucun doute : Noémi ferait une mère remarquable.

La petite fille l'avait adoptée très vite, lui-même avait été attiré par Noémi depuis l'autre bout d'une pièce immense sans lui avoir parlé, même sa mère commençait à se dégeler en sa présence. Pas de doute, Noémi était magnétique. Et cela dépassait sa beauté physique. Il y avait quelque chose dans son sourire, sa gentillesse sincère, son empathie. Tout le monde l'appréciait.

Soudain, en constatant qu'elle surveillait du coin de l'œil sur son téléphone l'évolution du hashtag #HelpGemma, il eut envie de la serrer dans ses bras pour la réconforter, de l'embrasser. Hélas, ce n'était pas le lieu pour une démonstration d'affection. Soudain, il avait hâte de retourner à l'intimité du palais.

— Merci d'être là, dit-elle. Je suis sûre que tu as des choses plus importantes à faire que de rester ici avec nous.

Max allait répondre quand Roc, son garde du corps et ami, vint leur annoncer que les parents de Gemma étaient là. Gemma se précipita dans les bras de sa mère pour d'émouvantes retrouvailles. Puis vint le temps des explications.

La fillette avait eu hâte de voir le marché de Noël, mais ses parents devaient d'abord faire quelques courses de l'autre côté du village. Gemma leur avait faussé compagnie et, une fois sur le marché, n'avait plus su comment retourner vers ses parents. Elle venait de prendre une bonne leçon et promit à ses parents de ne plus jamais recommencer. Ceux-ci remercièrent Max et Noémi avec effusion. Au moment de prendre une photo de Gemma et Noémi, Max s'aperçut qu'il avait manqué trois appels. Dont deux de sa mère, qui ne téléphonait qu'en cas d'urgence… Un souci avec son père ?

Au moment où, après avoir pris la photo, il saluait Gemma et sa famille, Roc s'approcha de lui.

— On a besoin de vous au palais tout de suite. C'est une urgence.

Max fit un signe de tête et attendit une pause dans la conversation entre Noémi et les parents de Gemma pour glisser à l'oreille de la jeune femme :

— Je dois retourner au palais.

Le sourire de Noémi s'effaça. Il se sentait coupable d'interrompre leur journée. Rien de tout cela ne concernait Noémi et elle n'avait rien à faire au palais pendant qu'il s'occupait de sa mère. Il voulait que ce voyage soit agréable pour elle. Et jusqu'à présent, rien ne s'était passé comme prévu.

— Pourquoi ne restes tu pas ici pour finir de visiter le village ?

— Vraiment ? Ça ne te dérange pas ?

— Pas du tout, affirma-t-il, même s'il aurait préféré rester avec elle. Je te retrouve pour le dîner.

— Je considère cela comme un rendez-vous.

Il aimait qu'elle le prenne comme un rendez-vous : cela lui donnait quelque chose de bon à attendre.

— Roc va rester avec toi et il t'escortera jusqu'au palais.

Il ne s'était jamais senti aussi protecteur envers quiconque.

Il avait envie d'être près d'elle, réchauffé par son sourire, charmé par la musique de son rire. Il était accro à Noémi.

Et c'était dangereux, car elle pouvait décider que sa vie n'était pas en Ostanie tandis que lui n'avait pas le choix : il devait se préparer à diriger le pays.

De retour au palais, l'ambiance joyeuse créée par les décorations lumineuses semblait se moquer de son humeur sombre. Max était déchiré entre son envie d'être avec Noémi et son devoir envers sa famille et la nation. De plus, il était très inquiet, et le fut davantage quand le majordome lui expliqua que le médecin avait été appelé pour le roi.

Max se précipita vers la chambre à coucher de son père. Sa mère l'intercepta dans le couloir.

— Maximilien, attends.

— Mais… Père, comment va-t-il ?

— Le docteur est avec lui.

Son anxiété était palpable. C'était comme si d'un coup, elle avait vieilli de vingt ans.

— Qu'est-ce qui s'est passé ?

— Le diabète, des complications. Les reins ne fonctionnent pas bien.

Max savait depuis longtemps que son père souffrait du diabète, mais il croyait que la maladie était sous contrôle. Il ignorait que c'était si grave.

— Pourquoi est-ce la première fois que j'entends parler de ce problème ?

Sa mère eut un froncement de sourcils désapprobateur.

— Parce que ton père refusait que tu l'apprennes. Il disait que tu avais besoin de temps pour te remettre de ces années à combattre ta maladie, qu'il n'y avait aucune raison de vous inquiéter, toi ou ton frère. Mais avec le temps, ça s'aggrave.

— Donc, Tobias ne sait pas non plus ?

Les larmes aux yeux, sa mère secoua la tête. À cet instant, la porte de la chambre s'ouvrit et le docteur apparut sur le seuil. Max s'approcha mais le praticien leva la main.

— Son Altesse le roi veut juste voir sa femme, pour l'instant. S'il vous plaît, attendez ici.

Sa mère entra dans la chambre à la suite du docteur et la porte se referma. Max la fixa longuement, des questions plein la tête. Comment s'était-il laissé déconnecter de sa famille à ce point ? Comment pourrait-il être un bon père alors qu'il ne parvenait même pas à prendre soin des membres actuels de sa famille ?

Il commençait à faire les cent pas lorsqu'il remarqua que son frère était assis sur un petit banc au bout du couloir, la tête dans les mains.

Max s'approcha de lui et s'assit à son côté. Il chercha quelque chose de réconfortant à dire. Ce n'était pas facile, car il était aussi inquiet que son frère semblait l'être.

— Hé, ça va aller, lança-t-il finalement.

Tobias secoua la tête.

— Non, ça ne va pas aller du tout.

— Tu sais quelque chose que je ne sais pas ?

Vu que Max ne savait pas grand-chose, c'était tout à fait possible…

— Ils ont parlé de l'abdication de papa.

— Quoi ? ! s'écria Max.

— Je… Je n'y arriverai pas.

— Bien sûr que si !

Les prunelles de Tobias reflétaient une angoisse démesurée.

— Non, je ne peux pas. Ça devrait être toi. Tu devrais prendre le relais.

— Tu es sous le choc. Tout semblera plus clair demain.

— Je ne sais pas pourquoi ils font tout un plat de cette histoire d'avoir un héritier, poursuivit son frère comme si Max n'avait rien dit. Regarde-toi. Tu es calme. Tu pourrais gérer tout ça.

Max se passa la main dans les cheveux.

— Tu as été préparé, formé. Tu sais comment diriger le pays.

Tobias se leva d'un bond.

— Je ne veux pas !

Max se leva à son tour. Il posa les mains sur les épaules de son frère.

— Calme-toi, petit frère.

— Me calmer ? Comment suis-je censé me calmer ? Notre père est malade. Très malade. Je suis trop jeune pour tout ça. Je… Je ne suis pas la bonne personne.

Max avait la solution pour réconforter son frère, mais était-ce le bon moment pour parler du bébé alors que les choses n'étaient pas encore réglées avec Noémi ? Toutefois, il n'aurait jamais pu imaginer que la santé de son père décline de façon aussi radicale. Que faire ?

Il n'avait jamais vu Tobias aussi effrayé depuis des années – depuis l'annonce de son cancer. Avait-il le droit de le laisser dans un tel état alors qu'il pouvait apaiser certaines de ses inquiétudes ?

— Tobias, écoute-moi, commença-t-il, non sans s'être assuré que personne ne pouvait les entendre. J'ai quelque chose à te dire.

— Si c'est une mauvaise nouvelle, ce n'est pas le moment.

La pensée de son bébé à venir fit sourire Max.

— En fait, c'est une bonne nouvelle. Vraiment, vraiment une bonne nouvelle.

— OK, je t'écoute.

— Tu ne dois en parler à personne, d'accord ?

Son frère acquiesça d'un signe de tête.

— Noémi est enceinte, chuchota Max. Je vais être père.

— Mais… Comment… ? bredouilla Tobias, visiblement ébranlé. Les médecins ont dit que ce n'était pas possible !

— Je sais. Mais c'est vrai. Elle est enceinte. Un miracle.

— Pourquoi tu ne l'as dit à personne ?

— C'est compliqué. Noémi et moi, on s'habitue encore à l'idée.

— Tu es sûr que c'est le tien ?

— Certain. Mais comme tu peux l'imaginer, ce n'était pas prévu. Ne dis rien, s'il te plaît. La situation est délicate. Noémi et moi n'avons pas décidé comment nous préparer à la situation. Je te l'ai dit à toi pour que tu ne t'inquiètes pas trop. Tout va s'arranger.

— J'espère que tu as raison.

Lui aussi l'espérait. Il y avait encore tant d'inconnues sur la santé de son père, l'état du pays et ce que Noémi prévoyait de faire ensuite. Mais pour l'heure, Max se surprenait à prendre les choses en main. Se pourrait-il que se préparer à la paternité le prépare à assumer la responsabilité de son pays ?

14.

Sans Max, ce n'était pas la même chose…

Bien que les parents de Gemma soient gentils au possible, Max lui manquait. Noémi se répéta pour se rassurer que c'était parce qu'ils devenaient de bons amis. Rien de plus.

De retour dans sa chambre, au palais, Noémi trouva un mot de Max. Une onde d'excitation lui parcourut le corps lorsqu'elle lut qu'il lui proposait de le retrouver « à 18 h 30 dans la pièce bleue ». Elle jeta un coup d'œil à l'horloge de la cheminée : il ne lui restait plus beaucoup de temps. Elle n'aurait pas dû rester au village aussi longtemps, mais pour la première fois depuis que ses parents étaient morts, elle avait éprouvé un sentiment d'appartenance presque familiale. Les Ostaniens qu'elle avait rencontrés étaient si amicaux et accueillants !

Elle se demanda si ce dîner se passerait mieux avec la reine. Noémi espérait que leur relation allait continuer à s'améliorer. Après tout, elles seraient amenées à se revoir une fois que le bébé serait né.

Elle ouvrit son dressing et balaya ses robes du regard. Il s'arrêta sur une bleue avec un haut à manches longues et dentelle et une jupe en mousseline. Cette dernière était peut être un soupçon trop court, mais elle n'avait guère d'autre option.

Elle se lâcha les cheveux et se maquilla très légèrement. Lorsqu'elle se regarda dans le miroir, elle comprit qu'elle n'aurait jamais sa place dans un foyer aussi conservateur. Si Max espérait qu'elle change, elle le détromperait rapidement. Il devrait l'accepter comme elle était, et elle n'avait pas l'étoffe d'une princesse.

Dans le hall, elle se fit indiquer par une domestique le chemin vers la pièce bleue – au second étage de la tour ouest, pourvu que ce ne soit pas trop loin sinon elle serait en retard !

Lorsque Noémi passa la tête dans l'embrasure de la porte, elle remarqua une table éclairée à la bougie près de la fenêtre. Elle fit un pas dans la pièce.

— Max ?

— Par ici.

Il portait un costume sombre et une cravate. On aurait dit qu'il sortait des pages d'un magazine glamour. Il la fixait avec une telle intensité que Noémi eut soudain les jambes flageolantes.

Elle jeta un coup d'œil dans la pièce : il n'y avait qu'eux deux.

— Où est ta famille ?

— C'est un tête-à-tête.

Noémi remarqua alors que la table était dressée pour deux, avec des bougies et des fleurs.

— Je veux me faire pardonner, ajouta Max.

Se faire pardonner ? Mais il n'avait rien fait de mal. En fait, il avait été plutôt charmant.

— Pourquoi ?

— Pour t'avoir abandonnée aujourd'hui. Je ne serais pas parti si cela n'avait pas été important. J'espère que tu le sais.

Elle hocha la tête, touchée par cette attention.

— Est-ce que tout s'est bien passé ? demanda-t-elle.

— Oui et non, grimaça Max. Mais je ne vais pas t'embêter avec les problèmes de mon pays. Surtout pas les problèmes économiques !

— Détrompe-toi, ça m'intéresse ! Je t'écoute.

Max lui tira sa chaise. Elle s'installa et il s'assit en face d'elle. Il lui expliqua que l'économie de l'Ostanie ne s'était pas adaptée assez vite au monde moderne, ce qui était dangereux à court terme pour l'équilibre du pays. Les ministres et conseillers pensaient que le problème était conjoncturel quand Max était persuadé qu'il était structurel et qu'il fallait évoluer pour survivre. La tradition était un frein terrible au changement.

Pendant qu'ils échangeaient, un serveur leur avait amené une soupe à l'oignon gratinée, la meilleure que Noémi ait jamais mangée. Elle prit une gorgée d'eau glacée et plissa les yeux, concentrée.

— Tu as envisagé de faire changer les mentalités ? En ce qui concerne le commerce et les échanges, tout du moins.

— Ce pays et son peuple sont imprégnés de coutumes archaïques. La plupart des gens n'envisagent pas de changer la façon dont les choses ont toujours été faites puisque jusqu'à aujourd'hui, ça marchait.

— Alors, commence par les jeunes. Ce sont eux qui sont susceptibles de s'opposer aux traditions.

— J'y ai pensé. Mais une fois qu'ils quittent l'Ostanie pour faire des études supérieures, ils ne reviennent pas.

— Et vous perdez la ressource la plus précieuse de votre pays. As-tu envisagé d'ouvrir votre propre université ?

Une lueur d'intérêt brilla dans les yeux de Max.

— Et nous pourrions alors créer des cycles d'études orientés vers l'avenir de l'Ostanie.

— Quelque chose comme ça.

— Tu es brillante ! Je mettrai ce projet sur pied dès que je serai roi. Non. À la réflexion, ça ne peut pas attendre. Il faut commencer immédiatement.

Noémi était aux anges. Elle adorait l'idée d'avoir apporté une solution qui aiderait le pays. Et surtout, elle était ravie que Max ait tenu compte de son avis.

Le serveur avait remporté les assiettes de soupe vides et apporta une assiette de légumes verts croquants avec une vinaigrette au citron et à l'ail.

— C'est super d'être avec quelqu'un qui me comprend.

— C'est super d'être avec quelqu'un qui m'écoute et me prend au sérieux.

Il fronça les sourcils.

— Qui ne te prend pas au sérieux ?

— Ma famille. Parfois, c'est comme si je n'étais pas là. Ils parlent comme si je n'existais pas.

— Je comprends.

— Tu comprends ? Tu es un prince, tout le monde t'écoute.

Il secoua la tête de droite à gauche.

— Quand tout le monde m'a cru stérile, je suis soudain devenu invisible. On ne s'occupait plus que de mon frère, devenu l'héritier de la couronne. C'était si flagrant que je ne l'ai pas supporté. Je me sentais… inutile. Pas à la hauteur.

Leurs regards se rivèrent l'un à l'autre.

— Je suis désolée que tu aies vécu tout cela. Je me plains alors que ce que j'ai enduré n'est rien comparé à toi…

— C'est faux. Et ta douleur n'est pas moins importante que la mienne.

Noémi en eut presque les larmes aux yeux. Les mots de Max signifiaient tellement pour elle !

— Je suis devenue le visage de Cattaneo Jewels par défaut. Ma famille ne savait pas quoi faire d'autre de moi.

— Je crois que tu l'es devenue parce que ta beauté est absolument stupéfiante. Les hommes ne peuvent pas s'empêcher de te regarder, et les femmes aimeraient être à ta place. Et en portant les bijoux Cattaneo, elles ont le sentiment de se rapprocher de ta beauté.

Noémi était soufflée. Max pensait-il vraiment ce qu'il venait de déclarer ? Aucun homme ne l'avait jamais séduite ainsi simplement avec des mots.

— Et il y a tellement plus à admirer chez toi, reprit-il avec fougue. Tu es généreuse, drôle, intelligente. Je pense que nous pourrions faire une équipe du tonnerre !

Il posa la main sur la sienne. Noémi ne savait pas s'il parlait sur un plan sentimental ou professionnel, mais son cœur battait plus vite. L'idée lui plaisait sur tous les plans.

— Dis-moi qu'il n'y a pas de plat principal ! Je n'ai plus faim du tout.

— Pourtant, tu vas avoir besoin d'énergie pour ce que j'ai prévu ce soir.

Elle rougit. Est-ce que Max la draguait ? Soudain, son esprit se remplit d'images de leurs corps enlacés dans son grand lit. Ses lèvres se pressaient contre les siennes, ses mains la touchaient…

— Noémi ? Ça va ?

— Je… Euh… Oui, oui, bredouilla-t-elle, chassant ses pensées érotiques.

— Oh ! tu as pensé que je te proposais de…

Il éclata de rire, ce qui la vexa terriblement. L'idée de faire à nouveau l'amour avec elle était-elle si absurde ? Ses yeux s'embuèrent sous l'effet de l'émotion. Avant d'être enceinte, elle n'était pas si sensible. Elle cligna des yeux à plusieurs reprises.

— Hé, je suis désolé si je t'ai froissée, dit Max avec douceur. Tu sais à quel point j'aime faire l'amour avec toi. Je pensais que c'était clair, mais si tu as besoin que je te le prouve de nouveau…

— Non !

La réponse était venue trop vite et trop fort. Ils savaient tous les deux qu'elle mentait.

— Je… Je suis juste un peu émotive en ce moment.

— J'ai lu que cela arrivait chez les femmes enceintes.

Noémi fut touchée d'apprendre qu'il s'était renseigné. Elle tâcha de se ressaisir.

— Tu ne m'as toujours pas dit ce que tu avais en tête pour ce soir.

— C'est une surprise.

Le serveur leur apporta un superbe pot-au-feu, qui sentait délicieusement bon. Ils le dégustèrent en échangeant des propos banals. Très vite, Noémi fut rassasiée. Elle reposa ses couverts.

— Je suis désolée, je n'ai plus faim.

— Un peu de jus de raisin pétillant avec le dessert ?

Elle sourit de sa prévenance.

— Du jus de raisin ? Tu penses vraiment à tout, on dirait !

— Non, mais j'essaie. Je veux que tu profites de ton séjour en Ostanie.

Il se leva et lui tendit la main.

— Bon, le dessert peut attendre. Allons-y !

Max l'avait entraînée vers l'arrière du palais. Il s'arrêta devant la porte qui donnait sur les jardins intérieurs. Sur une chaise était posée une grande boîte blanche. Max s'en saisit et la tendit à Noémi.

— Ouvre !

Elle retira le ruban doré et souleva le couvercle. À l'intérieur se trouvait une paire de patins à glace blancs. Elle leva la tête vers lui, ébahie et touchée.

— Tu m'as acheté des patins ?

— Tu les aimes ?

— Je les adore !

Il posa les yeux sur sa robe et fit la grimace.

— Comme il fait froid, dehors, tu devrais peut-être aller te changer…

— Je reviens tout de suite.

Noémi regagna sa chambre. À peine avait-elle refermé la porte que son téléphone portable se mit à sonner. Elle envisagea d'ignorer l'appel tant elle avait hâte de retrouver Max, mais elle vit sur l'écran que c'était son frère Léo. Ils échangèrent quelques nouvelles, mais quand elle lui demanda s'il comptait toujours passer Noël en famille à Mont-Cœur, il resta silencieux. La gorge de Noémi se serra.

— S'il te plaît, Léo. C'est vraiment important pour moi. Je veux apprendre à te connaître. Nous sommes une famille et nous devrions passer notre premier Noël ensemble.

— Si c'est si important pour toi, alors d'accord.

— Oh ! merci ! Merci mille fois !

Après avoir raccroché, elle se changea rapidement et fila retrouver Max, excitée. Ils enfilèrent chacun leur manteau et sortirent. Noémi remarqua alors que la patinoire était éclairée par des centaines de lumières blanches scintillantes. Elle ne se souvenait pas avoir remarqué ces lumières auparavant. Elles se reflétaient sur la glace, et la neige, sur les côtés de la patinoire, semblait faite de millions de diamants étincelants. C'était magique, féerique ! Romantique, même, comme le dîner…

Elle se tourna vers Max, ravie.

— Tu as fait tout ça ?

— J'ai remarqué à Mont-Cœur que tu aimais les éclairages de Noël.

— Je les adore !

Ils s'installèrent au bord de la patinoire et enfilèrent leurs patins. Max s'agenouilla devant elle et s'assura que ses patins étaient bien lacés. Quand il se leva, il lui tendit la main pour l'aider à se mettre debout.

— Allez, je vais te montrer comment patiner.

Max commença à marcher sur la glace. Qu'est-ce qui lui faisait croire qu'elle ne savait pas patiner ? Noémi faillit dire quelque chose, mais décida de jouer le jeu. Et puis elle appréciait le contact de ses mains et la proximité de son corps.

— Ne t'inquiète pas, lui dit-il, je te tiens. Je ne te laisserai pas tomber.

— Tu n'as pas à faire ça…

— J'en ai envie. Il y a tant de choses que je veux partager avec toi !

Parlait-il toujours de patinage ? se demanda Noémi.

— Je suis d'accord, répliqua-t-elle avec un sourire en coin.

— Tu te sens bien sur les patins ?

— Tu veux vraiment me montrer, n'est-ce pas ?

— Oui. On va y aller doucement. Fais un pas. Un autre pas. Et puis glisse !

Elle suivit les conseils de Max. Elle pouvait clairement l'imaginer comme un père patient et doux avec leur enfant.

Ils patinèrent lentement durant la première boucle, puis Max accéléra un peu.

— Tu t'en sors bien, assura-t-il. Au lieu d'être prince, je devrais peut-être devenir moniteur de patinage.

— Tout le monde rêve de prendre un cours de patin à glace avec un prince ! s'exclama Noémi en riant.

— Je n'en suis pas sûr…

Il s'était assombri tout à coup. Cet homme en apparence inébranlable douterait-il de lui-même ?

— Tu es un homme étonnant, Max, affirma-t-elle avec sérieux. Tu es attentionné, doux et fort. Ce pays a de la chance de t'avoir.

— Et toi ? Tu te sens chanceuse de m'avoir dans ta vie ?

— Oui, j'ai de la chance, répondit-elle sans hésiter, sincère. Et notre bébé aussi.

Max resta silencieux quelques secondes. On n'entendait plus que le crissement des lames sur la glace.

— Tu veux essayer toute seule ? proposa-t-il.

— OK !

Cela faisait quelques années que Noémi n'avait pas patiné, mais tout lui revint très vite. Elle dépassa Max, grisée par la sensation de vitesse et l'air frais sur son visage. Au bout de quelques minutes, elle se rendit compte que Max s'était arrêté et l'observait. Elle patina en arrière jusqu'à lui, dessina une boucle et stoppa. Il ne put masquer sa surprise.

— Tu sais patiner, on dirait…

— Depuis que je suis toute petite.

— Tu m'as laissé me ridiculiser avec mon cours pour débutante…

Elle rit devant sa mine déconfite.

— Pas du tout. Tu étais tellement adorable ! Je… Je n'ai pas voulu gâcher le moment. J'espère que tu n'es pas fâché.

— Qu'est-ce que j'ignore d'autre à ton sujet ?

— Mes parents aimaient beaucoup passer des vacances à Mont-Cœur. Ils adoraient le ski, mais ils ont toujours encouragé ma passion pour le patin à glace.

Parler de ses parents l'emplit soudain d'une profonde tristesse nimbée de regrets. Les évoquer lui rappelait en général une foule de bons souvenirs, mais leur dernière conversation n'en était pas un, hélas…

Max prit ses mains dans les siennes.

— Qu'est-ce qui ne va pas ? demanda-t-il d'une voix inquiète.

Ils s'assirent sur le banc qui jouxtait la patinoire.

— Tu peux tout me dire, tu sais…

Elle laissa son regard se perdre au milieu des lumières scintillantes.

— Quand j'ai appris que j'étais enceinte, je ne savais pas comment te contacter. Je me suis rendue au siège de Cattaneo Jewels, à Milan, et, n'ayant personne vers qui me tourner, j'ai tout dit à mes parents. Ils ne l'ont pas bien pris. Ils m'ont fait sentir que… que je les laissais tomber, que je les décevais. C'était horrible !

— Je suis désolé. J'aurais dû être là. Je n'aurais jamais dû te quitter ce matin-là sans prendre ton numéro. Si je pouvais remonter le temps et changer les choses, crois-moi, je le ferais.

— Moi aussi.

D'un mouvement vif, Max baissa la tête vers elle et lui effleura les lèvres. Ce fut un baiser furtif, mais il fut comme un baume au cœur pour Noémi.

— Pendant que j'étais dans les bureaux de Cattaneo Jewels, une secrétaire m'a remis une lettre. Je ne le savais pas à l'époque, mais elle ne m'était pas destinée. Elle était destinée à ma mère, et nous avons les mêmes initiales. Bref, je l'ai ouverte. Mon frère Léo écrivait à ma mère qu'il acceptait de rencontrer ses parents biologiques. C'est ainsi que j'ai appris que j'avais un autre frère.

— Ça a dû être un sacré choc !

— Dévastateur. Je déteste l'admettre, mais je ne l'ai pas très bien pris. Je ne comprenais pas comment mes parents pouvaient nous avoir caché, à Sebastian et moi, quelque chose d'aussi important.

Noémi s'interrompit, le temps de contrôler ses émotions. Elle avait malgré tout encore une boule dans la gorge lorsqu'elle reprit :

— Quand j'ai apporté la lettre à mes parents et que je leur ai demandé de s'expliquer au sujet de Léo, nous nous sommes disputés. Je ne comprenais pas comment ils avaient pu être si durs avec moi, alors que ma mère était également tombée enceinte par accident et qu'ils avaient confié leur bébé à l'adoption parce qu'ils étaient trop jeunes à l'époque pour pouvoir l'élever.

— Noémi, tu n'es pas obligée de continuer si c'est trop difficile, lui dit gentiment Max.

Elle poursuivit néanmoins. Raconter lui faisait du bien, même si c'était dur. Une larme glissa sur sa joue.

— Je leur ai dit que je ne voulais plus jamais leur parler. Et… Et quelques jours plus tard, ils sont morts dans un accident d'hélicoptère en allant voir Léo. Je ne pourrai jamais retirer mes paroles… Jamais leur dire que je suis désolée… Que je les aime, acheva-t-elle, la voix brisée.

— Chut…

Max la serra contre lui en une étreinte protectrice.

— Tes parents savaient que tu ne le pensais pas, reprit-il. Ils t'aimaient. Ils voulaient retrouver leur autre fils parce que le lien avec un enfant est plus fort que tout. Ils sont morts unis dans l'amour qu'ils se portaient et portaient à leur famille. Et c'est ce que je veux : unir notre famille.

Puis, sans un mot de plus, Max l'embrassa avec délicatesse. Le cœur de Noémi battait fort dans sa poitrine. Là, sous le ciel étoilé et les lumières féeriques, un prince l'embrassait. Ce devait être un conte de fées.

Lorsqu'il approfondit leur baiser, elle cessa de penser aux raisons pour lesquelles leur histoire était impossible. En cet instant, plus rien ne semblait impossible.

— Attends-moi là cinq minutes, dit-il après s'être écarté d'elle.

Puis il changea de chaussures et disparut sans que Noémi ait le temps de réagir.

Max la tenait par la main et l'entraînait à sa suite dans les couloirs du palais.

— Où allons-nous ? demanda-t-elle.

— Surprise !

Noémi ne put s'empêcher de sourire. Être avec Max la rendait heureuse, elle voulait que ces moments durent encore et encore. Elle s'arrêta, obligeant Max à en faire de même.

— Cette soirée a été incroyable. Et… Je ne veux pas qu'elle se termine.

Elle se hissa sur la pointe des pieds et posa les lèvres sur celles de son superbe prince. Le baiser, léger, contenait des milliers de promesses.

— Rassure-toi, dit-il d'une voix rauque, elle n'est pas encore finie.

Il lui prit la main et la mena jusqu'à la porte de sa chambre. Après ce qu'il venait de lui dire, il ne voulait tout de même pas qu'elle aille se coucher, si ?

— Nous n'avons pas encore pris le dessert, chuchota-t-il avec un ton de conspirateur.

Il ouvrit la porte et s'effaça pour la laisser entrer en premier. Les lumières étaient tamisées. Une petite table supportait deux longues bougies aux flammes vacillantes, un bol rempli de fraises dodues, un autre de crème fouettée, un seau à glace avec une bouteille et deux flûtes.

Max s'approcha d'elle.

— J'espère que tu aimes les fraises…

Elle aimait surtout qu'il se soit donné tant de mal pour elle. Elle prit une fraise, la trempa dans la crème fouettée et la tendit à Max. Il la croqua et l'avala. Puis il fit la même chose pour elle, mais Noémi bougea et de la crème fouettée s'étala à la commissure de ses lèvres. Max se pencha en avant et lécha la crème fouettée. Ensuite, du bout de la langue, il fit le tour de ses lèvres. Noémi gémit. Cela allait être la meilleure nuit de sa vie…

15.

Noémi se réveilla avec le sourire. Sa main se déplaça vers l'autre côté du lit. Vide. Et l'oreiller était froid. Mais l'empreinte de Max était toujours là. Et quand elle se retourna, elle put encore sentir son odeur enivrante entre les draps.

Elle se saisit de son téléphone. Il était plus de 9 heures. Elle avait fait la grasse matinée. Pas étonnant que Max ne soit pas là. Elle avait rendez-vous avec la mère de Gemma pour déjeuner au village, puis visiter le Jardin botanique, décoré pour Noël.

Elle se glissa hors du lit et se précipita sous la douche. Elle était certaine d'avoir manqué le petit déjeuner, mais elle espérait pouvoir grignoter quelque chose pour patienter jusqu'au déjeuner. Sa grossesse lui donnait bon appétit, avait-elle remarqué.

Elle enfila une paire de leggings et un long haut fluide. Lorsqu'elle revint dans la chambre, Max était assis à la table, sur laquelle était posé un plateau avec des viennoiseries, du jus d'orange et du thé. Il leva la tête du dossier qu'il était en train de compulser.

— Bonjour, beauté. Je voulais m'assurer que tu aurais quelque chose à manger.

— Merci, dit-elle en souriant. Pourquoi tu ne m'as pas réveillée ?

— Tu dormais si profondément.

Elle se pencha en avant et lui déposa un baiser sur les

lèvres. Lorsqu'elle s'assit en face de lui, elle remarqua qu'il avait l'air inquiet.

— Qu'est-ce qui ne va pas ?

— Je ne peux pas passer la journée avec toi, soupira-t-il. Je suis désolé.

— Ce n'est pas grave. Mais tu pourras quand même venir avec moi chez le médecin ce soir, n'est-ce pas ?

— Rien ne pourrait m'en empêcher !

— Alors, arrête de culpabiliser ! Tu seras là pour le moment le plus important de la journée.

— Être avec toi est important, aussi. Je t'ai demandé de venir ici pour que nous puissions passer plus de temps ensemble et je dois encore te laisser tomber.

— Ne t'inquiète pas, le rassura-t-elle en souriant. Je vais bien. Je vais *très* bien. En fait, j'ai des projets pour aujourd'hui.

Elle lui expliqua ce qu'elle avait prévu de faire. Max se montra un peu déçu, car il avait dans l'idée d'emmener Noémi au Jardin botanique.

— Je comprends que tu ne puisses pas y aller, mais tu vas me manquer quand même.

— Nous nous retrouverons bientôt.

Il se pencha et pressa les lèvres contre les siennes. Le cœur de Noémi battait comme lors de leur premier baiser. Quelque chose lui disait que peu importait le nombre de fois qu'il l'embrasserait, ce serait toujours spécial, comme la première fois.

Mais que se passerait-il lorsque ce séjour prendrait fin ?

Toute la journée, Max fut assailli par des images torrides de Noémi. Il l'embrassait, serrait contre lui son corps nu de déesse. Leur nuit ensemble avait été encore meilleure que la première fois. Plus intense. Plus débridée. Plus tendre. Elle avait comblé encore un peu la distance qui les séparait. Max était encore plus déterminé à faire d'elle sa princesse.

Et puis, il y avait ce ventre qui s'arrondissait. Assis dans la salle d'examen du cabinet médical tandis que le Dr Roussel appliquait du gel sur l'abdomen de Noémi, Max était rempli d'un sentiment d'admiration et d'amour inconditionnel pour ce bébé. Soudain, il comprenait vraiment qu'il allait devenir père, dans quelques mois seulement.

Que se passerait-il lorsque Noémi retournerait à Mont-Cœur ? Ils se rapprochaient chaque jour un peu plus, mais cela suffirait-il à la convaincre de rester ? Comment la persuader que ça pouvait coller, entre eux ? Qu'il ferait tout ce qu'il fallait pour la rendre heureuse ?

Le Dr Roussel était l'obstétricien de la famille royale depuis si longtemps qu'il avait mis au monde Max et son frère. Cela attestait sa discrétion. Cependant, l'homme était du genre à rester à la pointe de la technologie, voilà pourquoi Max lui faisait confiance pour s'occuper de Noémi et de leur bébé.

Le praticien commença à passer son appareil sur le ventre de sa patiente. Max avait les yeux rivés sur le moniteur. La main de Noémi se retrouva dans la sienne sans qu'il comprenne comment.

— Voilà votre bébé ! annonça le Dr Roussel, un doigt pointé sur l'écran.

Max retint son souffle. Cette petite tache blanche était son fils ou sa fille. Il ne dirait plus jamais qu'il ne croyait pas aux miracles. Il regarda Noémi droit dans les yeux

— Tu pleures ? s'étonna-t-il, attendri.

— Toi aussi, tu pleures.

Il ne s'en était même pas rendu compte. Des larmes de joie et d'émotion.

— C'est la tête, marmonna le médecin comme s'il se parlait à lui-même. Et ça, c'est la colonne vertébrale. Et…

La voix du médecin s'éteignit dans un froncement de sourcils. Il plissa les yeux, comme s'il étudiait l'image avec plus d'intensité. Il déplaçait sa petite caméra sur le ventre de Noémi sans plus rien dire. Ce silence commençait à inquiéter Max. Il observa Noémi : sur son visage, l'angoisse avait remplacé la joie. Max était incapable de parler. Il priait en silence pour que leur bébé soit en bonne santé.

— Quelque chose ne va pas ? demanda finalement Noémi d'une voix blanche.

— Tout va bien, dit le Dr Roussel en souriant. Votre bébé est en bonne santé. Je vérifie juste quelque chose… Oui, c'est ce que je soupçonnais.

— Quoi ? demanda Max, en fixant le moniteur, pas rassuré du tout.

Le Dr Roussel posa le doigt au milieu du moniteur.

— Juste là.

— Qu'est-ce que c'est ? demanda Noémi d'un ton anxieux.

— Ce sont vos jumeaux, très chère.

— Des… Des jumeaux ? ! s'exclama Max.

Il avait le vertige. S'il n'avait pas été assis, sans doute serait-il tombé à la renverse.

— Oui, répondit le médecin. Je vais allumer le haut-parleur.

Un battement de cœur emplit la pièce, et Max perçut en effet un second battement, plus doux. Le Dr Roussel leur assura que c'était normal.

Le visage de Noémi était baigné de larmes. Max se pencha vers elle et l'embrassa doucement sur les lèvres.

— Tu es incroyable…, murmura-t-il.

— Pouvez-vous nous dire le sexe des bébés ? demanda Noémi.

— Pas encore, c'est trop tôt, dit le praticien en essuyant le gel de son abdomen. Sans doute lors de votre prochain rendez-vous.

Max avait l'impression d'être dans un rêve. C'était à la fois très réel et complètement irréel. Beaucoup de choses se bousculaient dans son esprit. Il devait annoncer la nouvelle à sa famille, mais aussi informer Noémi que l'état de santé de son père s'était dégradé.

Il lui dirait tout, décida-t-il. Bientôt.

Le lendemain matin, Max se retrouva coincé dans une autre réunion du cabinet royal. Tout ce qu'il avait prévu de faire avec Noémi tombait à l'eau. Mais il ne pouvait pas tourner le dos à ses responsabilités. Tout le cabinet était présent à la réunion, y compris Tobias. La seule chaise vide était celle de son père.

— Altesse ?

Un conseiller royal le regardait par-dessus ses lunettes. Max avait perdu le fil du débat sur l'économie du pays.

— Quel est l'avis de mon frère ?

— Votre père étant absent à cause de son traitement médical, son héritier doit prendre la décision.

— Et nous savons tous que c'est Tobias, répliqua Max.

— En sommes-nous sûrs ? intervint le doyen des conseillers.

Un grand froid envahit Max. *Le vieil homme savait.* Son regard se déplaça d'un conseiller à l'autre. Il eut alors la certitude que tous savaient que Noémi était enceinte.

Mon Dieu… Ce n'était pas bon, pas bon du tout. Il n'y avait qu'une explication à cette situation. Max posa un regard accusateur sur son frère. Celui-ci se racla la gorge.

— Je dois parler en privé avec mon frère. Pouvez-vous nous laisser seuls quelques instants, s'il vous plaît ?

Les conseillers obtempérèrent. Une fois tout le monde sorti dans le couloir et la porte refermée, Tobias se tourna vers Max.

— Tu dois leur dire à propos du bébé. Et que tu es redevenu l'héritier légitime du trône.

Max secoua la tête.

— Non.

— Max…

— J'ai dit non ! Ce n'est pas le bon moment. Noémi n'est pas prête. Elle est encore en train de s'habituer à l'idée que nous allons être parents, que je suis prince d'Ostanie, que nous allons avoir des jumeaux.

— Des jumeaux ? s'exclama Tobias, l'air ravi. C'est génial ! Deux bébés à gâter au lieu d'un.

— Tobias ! le refroidit-il d'un ton sévère.

— Euh… Oui, je… J'ai quelque chose à avouer, commença son frère, qui avait au moins la décence d'avoir l'air coupable. Le cabinet est au courant.

— C'est bien ce qu'il m'a semblé, en effet…, ironisa Max en fusillant Tobias du regard.

Il avait attendu le bon moment pour annoncer la nouvelle, et ce n'était pas encore le bon moment. Mais le mal était fait. Et il pouvait aider à gérer le pays. Il pouvait alléger le fardeau qui pesait sur son père et son frère. Il parlerait à Noémi plus tard.

Noémi ne tenait plus en place, surexcitée. Elle devait trouver Max. Elle ne pouvait pas attendre. Pour la première fois, les bébés avaient bougé ! C'était l'expérience la plus incroyable qui soit. Et elle avait besoin de partager la nouvelle avec Max.

Dès qu'elle croisait quelqu'un dans le palais, elle lui demandait où se trouvait le prince. Finalement, un majordome la renseigna.

Chemin faisant, elle songea avec bonheur que Max et elle étaient de plus en plus proches. Elle pouvait lui parler de tout, et il l'écoutait. Il n'était pas loin d'être l'homme parfait, réfléchi et attentionné, en plus d'être intelligent et drôle. Sans parler de ses qualités d'amant… Son cœur battait plus vite à l'idée qu'il pourrait jouer un rôle plus important et plus romantique dans sa vie.

Elle comptait l'inviter à revenir à Mont-Cœur pour Noël. Elle voulait qu'il rencontre ses frères. Elle savait que ces vacances ne s'annonçaient pas comme les plus détendues de sa vie, et qu'elle se sentirait beaucoup mieux si Max était à ses côtés.

En arrivant au bout d'un couloir, des voix d'hommes qui résonnaient lui parvinrent depuis la gauche. Elle jeta un coup d'œil. Un groupe d'une petite dizaine de personnes discutait devant les hautes fenêtres. Elle allait s'avancer vers eux quand un des hommes prononça le nom de Max. Noémi se dissimula derrière le grand palmier en pot disposé à l'angle des deux couloirs. Quelque chose lui semblait bizarre.

— Le prince Maximilien a dit au prince Tobias que nous devions attendre quelques semaines avant le test de paternité. Une fois qu'elle sera confirmée, nous pourrons organiser la succession et l'accession au trône du prince Maximilien. L'histoire reprendra son cours normal.

— Le prince est-il certain que c'est son bébé ? demanda un autre homme.

— Il a dit qu'il avait besoin du test pour être sûr. Le plus tôt sera le mieux.

Le cœur de Noémi sombra. Sa parole n'avait pas suffi à Max. Elle s'adossa au mur tant ses jambes tremblaient.

Depuis le début, Max doutait.

Une fois de plus, on ne tenait pas compte de ce qu'elle disait.

Elle avait l'impression que son cœur se déchirait en deux. Jamais elle ne s'était sentie aussi dévastée, aussi en colère. Des larmes lui montèrent aux paupières. Elle les chassa en clignant des yeux. Elle ne devait pas céder à ses émotions maintenant. Elle avait des choses à faire. Elle ne pouvait pas rester ici si on ne la croyait pas.

Elle entendit une porte s'ouvrir.

— Messieurs, continuons la réunion. Mon frère et moi aimerions discuter de la meilleure façon de procéder une fois que nous aurons les résultats du test.

C'était la voix de Max. Et il venait de confirmer cette histoire de test. La gorge serrée, elle demeura immobile. Elle ne pouvait pas l'affronter maintenant. Elle avait peur de dire quelque chose de définitif. Et ce qu'elle ressentait en cet instant importait peu : elle devait penser à ses bébés.

Quand la porte se referma, Noémi poussa un long soupir. C'était comme si elle se réveillait d'un rêve pour replonger dans une réalité violente et hostile.

Les baisers, les regards brûlants, les caresses sensuelles :

tout cela était-il juste un stratagème ? Une mise en scène ? Ne ressentait-il rien pour elle ? N'avait-il durant tout ce temps pensé qu'au pouvoir ?

Elle se força à ralentir l'allure. Elle ne voulait pas que l'on puisse penser en la croisant que quelque chose n'allait pas.

Et pourtant, elle ne s'était jamais sentie aussi mal…

La réunion avec le cabinet avait été longue et parfois houleuse. En fin de compte, il valait mieux que la nouvelle de l'existence des jumeaux soit connue. Désormais, il pouvait remplacer son père, qui venait de commencer sa dialyse, et soulager son jeune frère de son stress.

Il était maintenant temps qu'il parle à Noémi. Tout ce qui avait été décidé avec le cabinet royal dépendait d'un test de paternité. Si elle refusait, Tobias redevenait l'héritier du trône, ce qui serait injuste pour lui et pour Max.

Mais d'abord, il avait besoin d'un câlin et d'un long baiser tentateur. À la perspective de tenir Noémi dans ses bras, il grimpa les marches deux à deux.

Lorsqu'il tapa à la porte de sa chambre, il n'obtint pas de réponse. Après trois essais infructueux, il ouvrit la porte et entra. Noémi n'était pas là. Il s'apprêtait à ressortir de la pièce quand il avisa une enveloppe posée sur la table de nuit. Son prénom y était inscrit. Un mot d'amour ? L'idée lui plaisait. Jamais personne ne lui avait écrit un mot d'amour. Décidément, Noémi avait été à l'origine de beaucoup de premières dans sa vie.

Max,

Je suis retournée à Mont-Cœur. Je sais que tu as parlé à tout le monde des jumeaux. C'est inacceptable. Tu ne penses qu'à toi et à ton intérêt, pas à ce qu'il y a de mieux pour moi ou nos bébés. Je refuse d'être spectatrice de ma propre vie et de celle de nos jumeaux.

Ne me suis pas, s'il te plaît. J'ai besoin de temps pour réfléchir.

Certains mots étaient tachés, comme si des larmes avaient maculé l'encre.

Comment cela avait-il pu arriver… ? Et comment avait-elle su, alors qu'il venait d'apprendre que son frère avait ébruité l'information auprès des membres du cabinet royal ? Tobias avait-il dit quelque chose devant un employé du palais ? Ils étaient généralement discrets.

La manière dont elle l'avait appris importait peu, après tout. Ce qui comptait, c'était la façon dont il allait récupérer Noémi. S'il pouvait lui parler, tout lui expliquer, elle comprendrait, n'est-ce pas ?

16.

Ce matin-là, le soleil brillait au-dessus du décor féerique de Mont-Cœur. Cela ne suffisait pas à réconforter Noémi, qui avait à peine fermé l'œil de la nuit.

Elle ne fit pas l'effort d'allumer les éclairages de Noël dans le chalet familial. Elle n'était pas d'humeur à être joyeuse.

Elle ne parvenait pas à croire qu'elle s'était autant trompée sur Max. Elle le pensait gentil, loyal, attentionné, et que les magazines people renvoyaient une fausse image de lui. Comme elle s'était trompée !

La sonnette de la porte d'entrée la fit sursauter.

Quand elle était arrivée la veille au soir, aucun de ses frères n'était là, ce qui était normal à une semaine de Noël. Peut-être Léo était-il arrivé plus tôt. Après tout, c'était désormais aussi son chalet… Tant mieux, ce serait aussi bien de ne pas rester seule dans l'immense maison.

Elle ouvrit la porte et les mots de bienvenue lui restèrent collés au palais.

Max se tenait là, des roses rouges à la main. S'il s'imaginait que des fleurs allaient régler le problème, il se trompait !

— Tu n'as rien à faire ici.

Noémi essaya de refermer la porte, mais Max avait coincé son pied dans l'embrasure.

— Tu ne veux même pas m'écouter ?

Elle leva les yeux au ciel, lâcha la porte et gagna le salon. Peut-être était-il préférable de tout mettre à plat maintenant. Elle entendit la porte se refermer, puis des pas s'approcher. Elle se déplaça à l'autre bout de la pièce, pivota et croisa les bras.

— Je… Euh… Je t'ai apporté ça.

Max lui tendit les roses. Elle n'esquissa pas un geste pour les prendre. Il les posa sur la table basse. Il chercha son regard. Elle ne se déroba pas : elle n'avait rien fait de mal.

— Tu ne dis rien ? demanda-t-il.

— Je t'ai dit que j'avais besoin de temps et tu es quand même venu jusqu'ici. C'est à toi de parler.

Max enleva son manteau et se frotta la nuque.

— Tu n'aurais pas dû t'enfuir. Si tu avais attendu et parlé avec moi, on aurait pu tout arranger.

— Non, on n'aurait pas pu.

— Tu réagis de façon excessive.

— Je sais ce que j'ai entendu, déclara-t-elle froidement.

Il leva les mains en signe de reddition et s'assit sur le canapé.

— Je ne suis pas venu ici pour me battre avec toi.

— Alors pour quoi ?

— Pour te dire que je veux que tu…

Il s'arrêta, secoua la tête puis reprit :

— Je suis venu te demander d'être à mes côtés quand je monterai sur le trône.

Pas de « je t'aime » ou de « je suis désolé ».

— Je ne veux pas que nos enfants servent de monnaie d'échange pour te faciliter l'accès à la couronne.

— Ce n'est pas le cas ! s'emporta-t-il, l'air indigné. Il s'est passé beaucoup de choses au palais, des choses que je ne t'ai pas dites. Il est important de faire un test de paternité pour que je puisse assumer ma position d'héritier du trône.

— Tu ne m'écoutes pas. Il ne s'agit pas que de toi. Il y a aussi les bébés et moi à prendre en compte. À moins que nous ne comptions pas…

— Bien sûr que si ! Et si tu me laissais une chance de parler, tu comprendrais l'importance du test.

Il était tellement concentré sur son satané trône et son

fichu test qu'il ne l'écoutait pas. Il agissait de la même manière que sa famille, faisant d'elle une partenaire silencieuse ; or cette fois, ce n'était pas dans la gestion de l'entreprise, mais dans celle de sa propre existence. Comment avait-elle pu ne pas voir cela avant ?

Seigneur, il était tellement douloureux de penser à l'avenir commun qu'ils n'auraient pas…

— Sais-tu ce qui fait le plus mal ? C'est qu'après la perte de mes parents, je pensais avoir enfin trouvé quelqu'un sur qui je pouvais compter. Quelqu'un sur qui m'appuyer. Quelqu'un qui m'écouterait.

— Tu l'as trouvé. Je suis là pour toi, affirma-t-il d'un ton implorant.

— Pas alors que ton seul objectif est de devenir roi. Maintenant, pars s'il te plaît.

Max se leva. Il la fixa longuement, sa bouche s'ouvrit mais aucun mot n'en sortit. Puis il attrapa son manteau et partit.

Noémi ne savait pas si elle devait être soulagée qu'il soit parti sans se battre ou blessée qu'il ait abandonné si facilement…

Assis au volant de sa voiture de location, Max n'arrivait pas à se décider à mettre le contact pour regagner la suite qu'il occupait dans le meilleur hôtel de Mont-Cœur.

Pas question d'abandonner.

Cette ténacité était nouvelle pour lui. Après son cancer, il avait lâché prise. Et pourtant, il avait guéri. Quand on lui avait dit qu'il ne pourrait pas avoir d'enfants, il avait quitté l'Ostanie. Mais cette fois-ci, alors que les choses n'allaient pas dans son sens, que Noémi lui tenait tête, il refusait d'abandonner. Il refusait de fuir.

Il réalisa à quel point il voulait prendre ses responsabilités, aider son pays. Et à quel point il voulait Noémi, fonder une famille avec elle. Il était déchiré entre deux désirs différents. Et s'il devait choisir… Eh bien, il ne pouvait pas vivre sans Noémi et les jumeaux. Donc s'il le fallait, il renoncerait au trône.

Il sauta hors de son 4x4 et se précipita vers la porte du chalet. Il devait dire à Noémi qu'il l'avait choisie. Qu'il la choisirait toujours. Qu'il l'aimait. C'était la première fois qu'il était assez courageux pour se l'avouer. Et rien n'était plus vrai : il aimait Noémi et leurs bébés avec tout son cœur.

Il appuya sur la sonnette. Une deuxième fois. Une troisième. Elle n'ouvrit pas.

— Noémi ! Noémi ! Noémi, s'il te plaît. Il faut qu'on parle.

Il fit une pause et attendit. Rien. Pourtant, il avait l'impression qu'elle l'écoutait de l'autre côté de la porte.

— Noémi, s'il te plaît, ouvre ! Je t'ai…

Il fut interrompu par le bruit du verrou. Il fit un pas en arrière : il ne voulait pas la bousculer. Et puis la porte s'ouvrit.

Noémi se tenait là. Silencieuse. À sa grande surprise, elle ouvrit la porte. Il la suivit jusqu'au salon. Elle s'assit et il l'imita, en laissant un espace respectable entre eux. Il ne put s'empêcher de remarquer que les éclairages de Noël étaient toujours éteints. Il savait à quel point elle les aimait. Cela lui disait qu'elle non plus n'allait pas bien.

Elle regardait fixement ses mains, qui s'agitaient nerveusement. Soudain, pris d'une impulsion, il s'agenouilla devant elle.

— Noémi, j'ai tout gâché. Je suis désolé.

— Vraiment ?

Il fit un signe de tête.

— Et je veux que tu saches que je n'ai pas parlé de ta grossesse aux membres du cabinet royal. Mais je l'ai dit à mon frère. Je sais que je n'aurais pas dû. Il était tellement bouleversé et effrayé quand il a appris à quel point notre père est malade. Je n'ai pas réfléchi, j'ai juste réagi. C'est lui qui a vendu la mèche.

— Attends, fit Noémi, les sourcils froncés. Qu'est-ce qui ne va pas avec ton père ?

Max lui parla du diabète de son père, des dommages causés à ses reins et de la transplantation indispensable qu'il attendait. Il eut l'impression que Noémi se radoucissait un peu.

— Tu as tout dit à ton frère pour le réconforter, pas parce que tu voulais reprendre ta place de prince héritier ?

— Je n'aurais jamais fait une chose pareille ! s'offusqua Max.

— Il n'en reste pas moins que les bébés sont ta clé pour le trône.

— J'ai beaucoup réfléchi. J'ai sondé mon cœur et mon âme. Je t'aime, acheva-t-il dans un souffle.

Les yeux de Noémi s'agrandirent. Elle semblait stupéfaite.

— Tu… Je… C'est vrai ?

— Oui. Et je ne veux pas vivre sans toi. J'ai pris une décision : si je dois choisir, je te choisis. Toi et nos bébés.

— Tu refuserais la couronne ? demanda Noémi, l'air suspicieux, comme si elle n'y croyait pas.

— Si c'est la seule façon de t'avoir dans ma vie, je le ferai sans hésiter.

Noémi avait du mal à parler. Elle ne s'entendait pas penser à cause des battements de son cœur. Tout s'embrouillait et dans le même temps s'éclaircissait. Max avait dit tout ce qu'il fallait dire.

Il l'avait choisie. Il la voulait. Il l'aimait.

— Je t'aime aussi, chuchota-t-elle en se rapprochant de lui.

Puis elle pressa les lèvres contre les siennes. Max l'attira sur ses genoux. Leur baiser devint plus fougueux. Noémi avait l'impression que son cœur allait éclater d'amour.

Lorsqu'ils s'écartèrent l'un de l'autre, elle posa la tête

sur son épaule. Elle savait qu'ils ne pouvaient pas laisser les choses en l'état. Elle ne pouvait pas s'attendre à ce qu'il abandonne sa famille et son peuple pour elle. Très vite, ils seraient tous les deux malheureux.

— Je ne te demanderai jamais de renoncer au trône d'Ostanie. Tu es un vrai leader, attentionné, compatissant et déterminé. Tu feras un excellent roi. Mais je ne serai jamais plus une partenaire silencieuse. J'ai besoin de savoir que tu m'écouteras, que tu prendras mes opinions en considération.

— Je te le promets. Nous vivrons cette aventure ensemble et sur un pied d'égalité. Ce que tu dis compte pour moi, que ce soit sur notre relation, nos enfants ou la gestion du pays.

Noémi n'aurait jamais cru possible de ressentir autant de bonheur. Cet homme, l'homme de sa vie, était décidément étonnant. Incroyable.

— Comment puis-je avoir autant de chance ? murmura-t-elle.

— C'est moi qui ai de la chance.

Max se leva soudain du canapé.

— Reste là. Je reviens tout de suite, dit-il en se dirigeant vers le hall d'entrée.

Quelques secondes plus tard, il revint dans la pièce. Il souriait, un grand sourire qui illuminait ses prunelles. Il s'arrêta devant l'arbre de Noël et en alluma les guirlandes scintillantes.

— Max, qu'est-ce que tu fais ?

— Viens.

À présent, il avait une main derrière le dos et de l'autre lui faisait signe de le rejoindre. Noémi vibrait d'un mélange d'excitation et d'anticipation. Son pouls s'accéléra. Elle le rejoignit près du sapin. Alors, il s'agenouilla à ses pieds. Elle en eut les larmes aux yeux. Rêvait-elle ou cette scène se déroulait-elle vraiment ? Il prit sa main dans la sienne.

— Noémi, je t'aime. Je t'aime depuis le premier soir, quand je t'ai vue à l'autre bout de la pièce. Je n'ai jamais cru au coup de foudre, mais grâce à toi j'y crois, maintenant. Et je ne peux pas imaginer ma vie sans toi.

Elle tremblait des pieds à la tête. Max tendit la main qu'il avait gardée derrière le dos. Posée sur sa paume, une petite boîte de velours noir ouverte abritait une magnifique bague en saphir. Depuis sa visite du palais, Noémi savait qu'elle était aux couleurs royales de l'Ostanie.

— Noémi, veux-tu être ma partenaire, parce que nous déciderons ensemble de tout, mon amante, parce que je ne suis jamais rassasié de toi, et devenir ma femme, parce que je veux passer chaque jour de ma vie avec toi ?

Oh ! mon Dieu…

— Oui ! s'écria-t-elle sans hésiter, le visage baigné de larmes de joie. Oui, oui je le veux !

Alors, Max se leva et lui donna le plus voluptueux, le plus tendre, le plus beau des baisers.

17.

Dans la grande salle du chalet des Cattaneo, le sapin scintillait et des chants de Noël jouaient doucement en arrière-plan. Le soir était tombé sur Mont-Cœur. Max avait allumé un feu, qui crépitait dans la grande cheminée, donnant à la pièce une lueur chaude.

Ses parents manquaient à Noémi. La famille était très importante pour eux ; aujourd'hui, c'était à elle de rassembler ses frères. Était-ce possible ? Qu'allaient-ils dire lorsqu'elle allait leur révéler la grande nouvelle ? Elle ne connaissait pas encore assez Léo, mais sans doute serait-il bienveillant ; Sebastian, c'était une autre histoire. Cette année les avait vus s'éloigner l'un de l'autre et depuis la mort de leurs parents, il n'était plus lui-même.

Max s'approcha d'elle. Il plaça l'index sous son menton et le leva jusqu'à ce que leurs regards se rencontrent.

— Pourquoi es-tu inquiète ? Tu as peur que tes frères ne réagissent pas bien à l'annonce de ta grossesse ?

— Sebastian et moi ne nous entendons pas très bien, ces derniers temps. Je… Je ne sais pas comment il va prendre la nouvelle.

— Ce serait plus facile pour toi de parler à tes frères si je n'étais pas là ?

Elle lui prit la main et la serra fermement.

— Je te veux ici, à côté de moi. T'ai-je dit dernièrement combien je t'aime ? demanda-t-elle en feignant le plus grand sérieux.

— Pas depuis un long moment. Presque une demi-heure !

— Comment ai-je pu être si négligente ? continua Noémi sur le même ton humoristique, avant de prendre une voix douce et sensuelle : Je te montrerai plus tard combien je t'aime…

— J'ai hâte !

Elle pressa les lèvres contre les siennes. Son cœur accéléra son rythme. Max était à la fois son meilleur ami et son amant. Il était sa première pensée le matin et sa dernière le soir. Si quelqu'un lui avait dit qu'elle pourrait être aussi heureuse, elle ne l'aurait jamais cru.

Quelqu'un s'éclaircit la gorge derrière elle. Elle s'écarta de Max et se retourna. Le regard sombre de Sebastian rencontra le sien. Elle ne pouvait pas lire ses pensées. Peut-être aurait-elle dû lui parler de Max *avant*…

— Sebastian, je te présente Max.

Après que les deux hommes se furent serré la main, Noémi comprit que son frère était seul.

— Où sont Maria et Frankie ?

Avant que Sebastian, visiblement embarrassé par sa question, ait pu lui répondre, on sonna à la porte. Sûrement Léo. Elle se précipita vers la porte et l'ouvrit. Son frère n'était pas seul. À côté de lui se tenait une superbe blonde au sourire chaleureux.

— Entrez ! Tu sais, Léo, tu n'as pas besoin de sonner à la porte. C'est aussi ta maison. J'espère qu'un jour, tu en auras l'impression.

— Merci.

Le regard de Léo se posa sur Sebastian et le sourire s'effaça de son visage. Pas prête à affronter la tension entre ses frères, Noémi se tourna vers la compagne de Léo et lui tendit la main.

— Salut. Je m'appelle Noémi. Je suis la sœur de Léo.

— Ravie de te rencontrer. Je suis Anissa. Léo est… euh… un ami.

— C'est ma petite amie, corrigea Léo.

Noémi aida la jeune femme à se débarrasser de son manteau, puis les précéda tous les deux dans le grand salon.

— Soyez les bienvenus.

La sonnette retentit de nouveau. Noémi jeta un coup d'œil à Sebastian par-dessus son épaule. Celui-ci se dirigea vers la porte. Noémi se joignit à la conversation qui commençait à se développer entre Léo, Anissa et Max, qui se présentèrent rapidement et posèrent des questions les uns sur les autres pour commencer à se connaître.

Noémi constata que Maria et Frankie, son neveu âgé de deux ans, étaient arrivés. Cela lui fit chaud au cœur : ils lui avaient tant manqué ! Mais son frère et sa femme avaient une conversation feutrée dans le hall d'entrée et elle ne voulait pas s'immiscer. Elle espérait vraiment que ces deux-là seraient capables de recoller les morceaux.

Quand ils regagnèrent le salon quelques minutes plus tard, Noémi se précipita vers son amie et son neveu, un grand sourire aux lèvres.

— Coucou !

Elle embrassa rapidement Maria, puis elle s'agenouilla devant Frankie, qui semblait un peu apeuré par la présence de tous ces gens qu'il ne connaissait pas.

— Salut, Francesco ! Tu fais un câlin à tata Noémi ? Je suis si heureuse que tu sois là. Tu m'as manqué.

Après l'avoir serré dans ses bras, Noémi se redressa. Elle remarqua l'inquiétude qui se reflétait dans les yeux de son amie.

— Toi aussi, Maria, tu m'as manqué.

— On dirait que les choses vont bien pour toi, répliqua Maria en lorgnant Max.

Noémi ne réussit pas à retenir un immense sourire.

— Mieux que je n'aurais jamais pu l'imaginer.

— Je suis si heureuse pour toi !

Si le sourire de Maria était sincère, et Noémi n'en doutait pas, un voile de tristesse assombrissait malgré tout son regard.

Noémi s'approcha de Max. Il plaça le bras sur ses épaules, puis lui murmura à l'oreille :

— Tu es sûr de vouloir faire l'annonce maintenant ?

Elle lui sourit. Il savait à quel point elle était nerveuse face à Sebastian. Elle l'était d'autant plus que les relations entre Maria et lui ne semblaient toujours pas au beau fixe. Peut-être que lorsqu'il entendrait la nouvelle, il se détendrait un peu. Elle s'accrocha à cet espoir.

— Peut-être qu'Anissa et moi devrions vous laisser, dit soudain Léo, qui paraissait mal à l'aise.

— Certainement pas ! s'écria Noémi. Tu es mon frère, tout autant que Sebastian. Notre séparation a été une tragédie pour nos parents, et ils ont passé leur vie à essayer de la réparer. J'espère qu'à l'avenir, il n'y aura plus de distance entre nous. Parce que je vais avoir besoin de vous tous.

Ses frères lui lancèrent des regards inquiets.

— Ce n'est rien de grave, rassurez-vous ! Je… Je suis enceinte.

Le silence s'installa, comme si tout le monde digérait la nouvelle. Le cœur de Noémi battait la chamade.

— Nous allons avoir des jumeaux, ajouta-t-elle.

Sebastian fut le premier à s'approcher d'elle. Il avait le regard grave. Elle avait peur de ce qu'il allait dire.

— Tu es heureuse ? demanda-t-il, de la même manière que leur père l'aurait fait.

Elle lui sourit.

— Je n'ai jamais été aussi heureuse !

Il étudia son visage pendant un moment, comme pour s'assurer qu'elle lui disait la vérité. Puis il posa les mains sur ses épaules.

— Alors je suis heureux pour toi. Félicitations, petite sœur !

Il la prit dans ses bras et la serra très fort, ce qu'il n'avait pas fait depuis qu'ils avaient appris la mort de leurs parents. Cette fois-ci, c'était une bonne nouvelle qui les avait réunis.

Lorsque Sebastian recula, Léo s'avança vers elle.

— Je n'ai aucune idée de ce que sont les enfants, ni de comment devenir un oncle cool.

— Je suis certaine que tu vas trouver.

Elle l'étreignit. Léo ne bougeait pas. Il était raide. Noémi se dit qu'il allait résister, mais il se relâcha enfin et lui rendit son étreinte. Puis Noémi plaça sa main dans celle de Max et enlaça les doigts aux siens.

— Tu veux raconter la suite ?

— Tu t'en sors bien.

Elle était tellement heureuse, entourée de gens qu'elle aimait ! Elle n'avait besoin que de ça. Elle aurait voulu pouvoir se pincer pour s'assurer que tout cela était bien réel.

— D'abord, je vais vous présenter Max par son nom complet, à savoir Maximilien Steiner-Wolf, prince héritier d'Ostanie.

L'effet de surprise fut total pour tout le monde. Si le visage de Max était connu dans le monde entier, personne n'avait fait le rapprochement, car personne ne s'était attendu à le rencontrer ce soir. C'était étrange de le présenter comme un prince : il n'était que Max, pour elle. Elle espérait vraiment que son titre et sa position ne feraient pas de différence pour sa famille.

Noémi prit une grande inspiration, puis souffla lentement.

— Et il m'a demandé de l'épouser.

Maria poussa un cri de joie.

— Waouh ! Tu vas devenir princesse !

— Oui, acquiesça Max. La plus belle et la plus bienveillante des princesses. Je suis l'homme le plus chanceux du monde. Je vous promets que je ferai de mon mieux pour la rendre heureuse.

Le regard de Sebastian passa de Max à elle et d'elle à Max.

— Tu vas t'installer en Ostanie ?

Noémi hocha la tête.

— Vous serez toujours les bienvenus chez nous, intervint Max.

— Dans votre palais ? demanda Maria, l'air émerveillé.

— Oui, répondit Max. Et croyez-moi, il y a beaucoup de chambres d'amis.

— Mais nous serons ici pour Noël, précisa Noémi. Ce

sera un Noël familial, comme maman et papa l'auraient souhaité.

Cela prendrait du temps, mais lentement, ils se rapprochaient, comme Nicole et Salvo Cattaneo, leurs parents, l'avaient toujours voulu.

Épilogue

Cinq mois plus tard, en Ostanie

— C'est un garçon !

Son nouveau-né dans les bras, Max entra dans la bibliothèque du palais, où le roi, la reine et son frère l'attendaient. Dans la pièce médicalisée installée non loin, Noémi venait d'accoucher du premier de leurs jumeaux.

Max ne pouvait pas s'empêcher de sourire. Il n'avait jamais été aussi heureux.

Tout le monde s'extasia sur le prince Leonardo Sebastian Steiner-Wolf, troisième dans l'ordre de succession au trône d'Ostanie.

— Il est absolument parfait ! déclara la reine, radieuse comme Max ne l'avait jamais vue.

Le roi allait beaucoup mieux après sa transplantation. Tobias, donneur compatible, avait donné un de ses reins à leur père.

— Comment va Noémi ? demanda la reine.

— Elle est épuisée et se repose avant que bébé numéro deux arrive. C'est une vraie battante !

— Excusez-moi…, fit une voix depuis le seuil.

Toutes les têtes se tournèrent vers l'infirmière qui venait d'entrer.

— Je voulais juste informer Son Altesse le prince Maximilien que le second bébé est sur le point de faire son entrée dans le monde.

Max se rua hors de la bibliothèque. Il ne parvenait pas à croire à sa bonne fortune. Durant une longue période de sa vie, il ignorait s'il allait vivre ou mourir. Et maintenant, il avait l'épouse la plus merveilleuse du monde et, au lieu d'être stérile comme on le lui avait annoncé, il était père de jumeaux. Cela prouvait que l'on ne savait jamais ce que nous réservait le destin. Il ne fallait jamais renoncer à croire que quelque chose de mieux, quelque chose d'incroyable pouvait survenir dans l'existence à n'importe quel moment.

Max entra dans la pièce. Noémi gémissait, en sueur. Il se précipita à son côté et lui prit la main. Il aurait tellement voulu qu'elle ne souffre pas ! C'était injuste. Mais elle ne se plaignait pas. Comme il l'admirait ! Elle était si courageuse.

— Tu t'en sors très bien, lui chuchota-t-il à l'oreille. Je t'aime.

Après quelques minutes de travail, un grand cri résonna dans la pièce. Le Dr Roussel souleva le bébé et sourit.

— Un autre petit prince ! Il est en pleine forme.

Les larmes brouillèrent la vue de Max. Il se tourna vers sa femme, qui avait elle aussi les larmes aux yeux.

— Tu fais de beaux bébés.

— *Nous faisons* de beaux bébés, corrigea-t-elle.

Il se pencha et lui déposa un baiser sur les lèvres. Son cœur s'était agrandi deux fois, ce jour-là. Jusqu'ici, il ignorait qu'il était possible d'aimer autant. Grâce à Noémi, il savait désormais que les miracles ne survenaient pas seulement dans les contes de fées.

Vous avez aimé *Une étreinte royale ?*
Retrouvez en numérique le premier roman de votre série « Le Noël des Cattaneo » :

1. *L'héritier de l'hiver*, Scarlet Wilson
2. *Une étreinte royale*, Jennifer Faye

Rendez-vous le mois prochain dans votre collection Azur, pour la suite de votre série !
Un roman signé Sophie Pembroke.

Retrouvez en janvier 2021,
dans votre collection

AZUR

Mon scandaleux secret, de Heidi Rice - N°4290

Cinq ans. Voilà cinq ans que je me suis perdue dans les bras d'Alexi Galanti. Bien qu'il m'ait cruellement rejetée après cette fabuleuse nuit à Monte-Carlo, je n'ai aucun regret. Comment le pourrais-je, alors qu'un enfant est né de notre union ? Mon fils est mon trésor, ma raison d'être – et le portrait de son père ! J'ai longtemps gardé pour moi ce tendre secret, or aujourd'hui que je me retrouve face à Alexi je sais qu'il est temps de lui révéler la vérité. Même s'il me déteste aussi fort que je l'aime…

Dette à un Sicilien, de Jane Porter - N°4291

« Tu as une dette envers moi. » Les mots de Marcu Uberto causent un choc à Monet. Si cet homme l'a bien aidée à fuir Palerme huit ans plus tôt, elle n'imaginait pas le revoir après tout ce temps et encore moins qu'il lui réclamerait ainsi son dû ! Toutefois, Monet n'a qu'une parole et se résout donc à aider Marcu comme il l'exige… en jouant le rôle de nounou auprès de ses enfants. Sitôt de retour dans le château du beau Sicilien, Monet sent l'inquiétude la gagner. Non seulement elle n'appartient pas au même monde que Marcu, mais elle ressent pour lui les mêmes sentiments interdits qu'autrefois…

L'héritier de Montegova, de Maya Blake - N°4292

Parce que le royaume de Montegova mérite un souverain exemplaire, le prince Zakary ne s'autorise aucune faiblesse. Du moins, jusqu'à ce qu'il séduise Violet, sa splendide collaboratrice. Cela fait des années que tous deux s'attirent et se repoussent, et ce manège a eu raison de ses dernières résistances… Or, maintenant qu'il vient de découvrir que la jeune femme est enceinte, Zakary se retrouve dans une situation impossible. Car Violet refuse de l'épouser ! Résolu à la faire changer d'avis, Zakary l'enlève et la conduit sur son île privée des Caraïbes. Dans ce lieu enchanteur, comment Violet pourrait-elle lui résister ?

Marié à une inconnue, d'Abby Green - N°4293

Elle ne reconnaît pas son époux, mais elle exulte à son contact… Après un grave accident, Sasha se réveille amnésique. Comment a-t-elle pu oublier s'être mariée avec Apollo Vasilis, le sublime Grec à son chevet ? Si elle est d'abord incapable de se souvenir du jour où il l'a conduite à l'autel, des bribes d'une nuit passée avec Apollo lui reviennent bientôt avec fracas. Une réminiscence qui éveille en elle un brusque désir… Quel est ce secret qui plane entre eux ? À mesure que Sasha redécouvre son mari, la vérité s'impose à elle, sombre et envoûtante…

Le bébé d'une innocente, de Jennie Lucas - N°4294

Il ne l'a jamais touchée, et pourtant elle porte son bébé... Enceinte de sept mois, Rosalie se résout à entreprendre un voyage en Italie. Là, dans un somptueux *palazzo*, vit Alex Falconeri, comte di Rialto – le père de son enfant, qu'elle n'a encore jamais rencontré. Si elle espère secrètement le convaincre de renoncer à ses droits parentaux, elle ne s'attend pas à l'attrait irrésistible qu'il exerce immédiatement sur elle, ni à la folle proposition qu'il lui fait bientôt de l'épouser...

Un prince au palace, de Clare Connelly - N°4295

Discrétion et efficacité : voilà les qualités qu'on attend de Daisy, concierge dans un palace. Seulement, le jour où la délégation du royaume d'Haleth s'installe à l'hôtel, tout se complique. Comment pourrait-elle rester professionnelle quand un simple regard du cheikh Sariq suffit à l'embraser tout entière ? Face à lui, elle ne se reconnaît plus ! Hélas, après avoir perdu la raison entre les bras de l'illustre prince, voilà Daisy bientôt contrainte de faire face aux conséquences d'une grossesse inattendue...

Le fruit d'une noce, d'Ellie Darkins - N°4296

Un mariage, la rencontre de deux inconnus... L'histoire d'Elspeth et de Fraser aurait dû prendre fin sitôt la noce de leurs amis achevée. Mais d'un baiser langoureux à une nuit passionnée il n'y a qu'un pas de danse que tous deux franchissent avec plaisir – sans savoir que cette parenthèse éphémère va les lier à jamais... Quand elle se découvre enceinte, Elspeth n'a en effet d'autre choix que de renouer avec Fraser, même s'il ne lui a jamais rien promis d'autre qu'une liaison sans lendemain.

L'enfant d'une vendetta,
de Jackie Ashenden - N°4297

SÉRIE : *HÉRITIERS ITALIENS* - 2/2

La haine est le reflet de la passion. Alors que Stella s'apprête à venger sa famille du tort que les Cardinali lui ont causé, elle tombe dans les bras de Dante, son ennemi juré. Durant une nuit où rage et désir se mêlent, elle oublie la vendetta pour sombrer dans le plaisir. Une faiblesse qu'elle a toutes les peines du monde à se pardonner, une fois revenue à la raison. Seulement, il est trop tard pour regretter, car désormais Stella porte l'héritier de celui qu'elle n'aurait jamais dû cesser de détester...

La reine d'Assara, d'Annie West - N°4298

SÉRIE : *FRÈRES DU DÉSERT* - 2/2

Le prince Karim a besoin d'une épouse pour monter sur le trône d'Assara. Intelligente et captivante, la reine Safiyah sera pour lui l'épouse parfaite, s'ils parviennent toutefois à oublier leurs fiançailles rompues, quelques années plus tôt. Pour cela, Karim est résolu à ne pas s'encombrer de sentiments superflus. Leur mariage sera de pure convenance, et uniquement contracté dans l'intérêt de la nation. Quant à la passion qui brûle encore entre Safiyah et lui, il fera tout pour l'ignorer... si cela est possible !

Conquise par Sebastian Cattaneo, de Sophie Pembroke - N°4299

SÉRIE : *LE NOËL DES CATTANEO* - 3/3

Invitée à la station de Mont-Cœur pour célébrer la nouvelle année, Maria est émue d'y retrouver Sebastian Cattaneo, le père de son fils, dont elle est séparée depuis un an. Avant que le divorce sonne le glas de leur histoire, ils souhaitent en effet offrir à leur enfant de belles vacances en famille. Seulement, à force de côtoyer l'homme qu'elle a tant aimé sans qu'il partage jamais ses sentiments, Maria est gagnée par le doute. Pourquoi Sebastian, qui autrefois consacrait tout son temps à travailler, semble-t-il aujourd'hui déterminé à redonner une chance à leur mariage en la séduisant à nouveau ?

Une délicieuse revanche, de Lynne Graham - N°4300

Lisa Denton ! Sebasten Contaxis est stupéfait lorsqu'il apprend le nom de la sublime inconnue avec laquelle il vient de passer une nuit époustouflante. Quelles chances y avait-il que ce soit précisément l'odieuse manipulatrice dont il a juré de venger son jeune frère ? Elle semblait si douce, si fragile... Et pourtant le doute n'est pas permis, c'est elle. Sebasten est furieux de s'être laissé piéger par ses grands yeux innocents, mais qu'à cela ne tienne : même si Lisa Denton est une créature terriblement dangereuse, elle n'est pas de taille à se mesurer à lui... et il se fera un plaisir de le lui prouver.

Composé et édité par HarperCollins France.

Achevé d'imprimer en novembre 2020.

BLACK PRINT

Barcelone

Dépôt légal : décembre 2020.

MIXTE
Papier issu de sources responsables
FSC® C108412
FSC
www.fsc.org

Pour limiter l'empreinte environnementale de ses livres, HarperCollins France s'engage à n'utiliser que du papier fabriqué à partir de bois provenant de forêts gérées durablement et de manière responsable.

Imprimé en Espagne.